やさしい俳句入門

辻桃子
安部元気
画・影山直美

主婦の友社

はじめに

「えっ、これが俳句!?」

秋の初めでした。知人のMさんが、仕事の打ち合わせが終わった帰りのエレベーターの中で、「俳句やってるんですね、いいなぁ。実はね、私も俳句やってみたいんですよ」と言いました。

「まあ、いいわ。ぜひおやりなさいよ」と私はすぐにすすめました。

「でも、とてもとてもむずかしそうで」と彼は尻込みしているのです。

「むずかしいことないのよ。だって、五七五の型に言葉を当てはめるだけですもの」

「そうですね。でもね、いざとなると何を詠《よ》めばいいのか、これがわからないのですよ」

Mさんはしきりに困っていました。

エレベーターを降りて外に出たところで、Mさんは空を見上げて、「いやあ、今日はすばらしい青空ですな。いよいよ秋の到来ですか」とつぶやいたので

す。

私はすぐに言いました。「あ、それ、俳句ですよ」

青空やいよいよ秋の到来す

「ほら、ちゃんと五七五になっているし、『秋』っていう季語も入っていますよ」

「えっ、これが俳句？　なるほど。五七五になっている。私が言ったままですけどね」

Mさんは指を折って音を数え、うれしそうに笑いました。

「俳句ってね、さあ作るぞ、なんて構えてしまうと、何を作ってよいかわからなくなるから、毎日あったことを日記をつけるように詠めばいいのよ。あ、私も一句できました。

打ち合わせ終わって出れば秋の空

ね、五七五で『秋の空』っていう季語が入っているでしょう」

「なるほどねぇ、これでいいんだ」と、Mさんはしきりに感心していました。

「いやー、目からうろこですね。私はずっと俳句というのは、なにかこう人の大事なこととか、生きる意味とかを言わなくちゃならんのだろうと思ってたもんでね」

Mさんから「俳句を始めることにしました」という手紙をもらったのは、一週間ほどたったころでした。

「まずは初心の一歩から」

とかく俳句はむずかしいものだと思われがちです。なにやらむずかしく作らないと、教養を疑われるとか考えてしまうからでしょう。とくに、社会で活躍している人や、昔は活躍していて定年退職した人など、教養の高い人ほど「みっともないものは作れない」と思ってしまって、なかなか手がつけられないようです。

初心者にいきなり名句が作れないのは当たり前と、覚悟を決めましょう。まずは初心者らしい一句から、控えめに始めてみることが大切です。

「名句はやさしい」

次の句は、正岡子規《しき》の有名な句です。

一列二十本バカリユリノ花

庭か畑に一列にずらりと二十本も並んでゆりの花が咲いていた、というだけの句です。これが近代俳句の祖といわれる人の句なのです。それを読んで子規の句はつまらないという人がいますが、私には、こんなちょっとしたことに子どものように驚いて一句に書きとめる子規という人がおもしろくてたまりません。

また、こちらは子規の弟子の高浜虚子《きょし》の句です。

夕空にぐんぐん上る凧《たこ》のあり

夕方の空をふと見上げると、ぐんぐん上っていく凧があったのです。どこか遠くで夕方になってもまだ凧揚げに夢中になっている子どもか大人がいたのでしょう。これもちょっとしたことですが、「ぐんぐん上る」という子どもの言葉のような表現が、いきいきとしています。子規ゆずりの、子どものようにものを見る目があるのですね。

俳句はこんな簡単なことを言えばよいのかと、はじめはみんな驚きます。でも、俳句はこれでいいのです。現実のちょっとした場面をなにげなく見つけて、つぶやいてみるのです。その最も短いつぶやきこそ、俳句なのです。

さあ、あなたもまずはやってみましょう!

辻　桃子

柴犬のこと

和のワンコといえば柴犬。日本の四季のどの風景にもしっくりなじみ、絵になります。そんな柴犬たちに、本書の案内役を務めてもらいました。

目次

2章 すぐに俳句が見違えるコツ6

3章

推敲で俳句が劇的ブラッシュアップ!

4章 やってしまいがちな俳句のワナ6

5章 句会・吟行で楽しく俳句力アップ!

コラム

［本書の表記について］

・俳句初心者の方の読みやすさを考え、原句の漢字が旧字体表記でも、本書では新字体を使っています。「ゝ」「ゞ」などの踊り字も使用していません。

・原句にルビがない場合でも、読みづらい漢字にルビを追加した箇所があります。また、句の作者名で読みづらいものには、原則として初出の分にルビを振っています。

装丁・本文デザイン　横田洋子
イラスト　影山直美
図解（5章）　速水えり
校正　北原千鶴子
DTP　天満咲江（主婦の友社）
編集補助　川名優花（主婦の友社）
編集担当　松本可絵（主婦の友社）

1章

俳句の基本ルールは3つだけ

ルール1

五・七・五にする

俳句はジグソーパズルのようなもの

俳句というのは、五・七・五のジグソーパズルのようなものです。このパズルは、基本的には、五ピース（五音）、七ピース（七音）、五ピース（五音）に分かれています。この、五・七・五の区切りの中に言葉をはめ込めばいいのです。

上の五音を上五《かみご》、次の七音を中七《なかしち》、下の五音を下五《しもご》といいます。

上五　中七　下五

この五・七・五を定型と呼びます。つまり、俳句は形の決まっている定型詩です。この定型に思いをはめ込んでゆくところが、ジグソーパズルに似ているのです。

遠山に日の当りたる枯野かな　高浜虚《きょ》子《し》

ぴったり、五・七・五にはまってますね。

これは、あくまで基本の型です。作者の言おうとすることによって、さまざまに変化します。ときには、この句のように、

旅にやんで夢は枯野をかけ廻《めぐ》る　松尾芭《ば》蕉《しょう》

と、六・七・五となることもあります。これは字が余っているので字余りといいます。そして、ときには字が足らずに、

兎《うさぎ》も片耳垂る大暑《たいしょ》かな　芥川《あくたがわ》龍《りゅう》之《の》介《すけ》

と、四・七・五となることもあります。これを字足らずといいます。

五七五の「十七文字」ではなく「十七音」

俳句はよく「五七五・十七字」といわれますが、「十七文字」ではなく「十七音」の詩です。目で見た文字数でなく、声に出して読んだとき、耳で聞いたときに、十七音になっているのです。

五十八階全階の秋灯《あきともし》
7　5　5
辻 桃子

というふうに、七・五・五となることもあります。これを句またがりといいます。

これらの変型は、作者の言おうとする思いがあふれ出て、いたしかたなく変化してしまったのだと考えましょう（P.20参照）。

これから俳句を始める初心者は、俳句は五・七・五の定型なのだということをしっかり頭に入れておいてください。

「きゅうり」「ちょっと」などの数え方

「きゃ・きゅ・きょ」「しゃ・しゅ・しょ」「ちゃ・ちゅ・ちょ」「にゃ・にゅ・にょ」など、文字で小さく書き表す音は拗音《ようおん》といいます。これは「き」と「や」というような二字を「きゃ」と一気に発音するので一音に数えます。たとえば、「胡瓜」は「き・ゆ・う・り」と四音ではなく「きゅ・う・り」と三音に数えます。

また「ちょっと」「もっと」「もっぱら」「さっぱり」「きっちり」など、文字では小さい「っ」と書くつまる音、これを促音《そくおん》といいますが、この数え方も覚えておきましょう。

実際に発音してみるとよくわかりますが、つまる音は声には出さないけれど、そこで一拍おいて無音で発音しています。「も・(つ)・ぱ・ら」「さ・(つ)・ぱ・り」というふうに、つまる音も一音と勘定するのです。

長音《ちょうおん》というのもあります。カタカナで書く外来語に多いのですが、文字どおり長く伸ばす音で、たとえば「ケーキ」などの「ー」も一音に勘定します。

最初は慣れないかもしれませんが、俳句を続けるうち、拗音も促音もすぐ自然に数えられるようになっていきます。

字余りの句

たくさんの俳句を読んでみるとわかりますが、ほとんどの句は「五・七・五／

数え方のおさらいレッスン

●拗音：「社長」⇒しゃ・ちょ・う（3音）／「マンション」⇒ま・ん・しょ・ん（4音）　●促音：「あっぱれ」⇒あ・つ・ぱ・れ（4音）／「カット」⇒カ・ツ・ト（3音）　●促音&拗音：「発表」⇒は・つ・ぴょ・う（4音）　●長音&拗音：「麻雀」⇒ま・―（あ）・じゃ・ん（4音）

十七音」の定型におさまっています。それが俳句という形式の長所をいちばんよく利用できる形だからですが、まれにはそれを破った句もあります。

●上五が字余りの句

小鳥この頃音もさせずに来て居《お》りぬ　村上鬼城《きじょう》

板の如《ごと》き帯にさされぬ秋扇《あきおうぎ》　杉田久女《ひさじょ》

枯葉走らせ正月様のお通りだ　安部元気

東京大学伝染病研究所より初蝶来《はつちょうく》　辻 桃子

インターコンチネンタルホテルチェックアウトの着ぶくれて　大神 龍

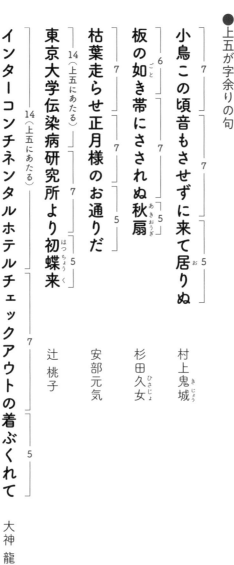

●中七が字余りの句

いなづまを負ひし一瞬の顔なりき

5　8　5

橋本多佳子《たかこ》

こうして字余りの句を見てみると、上五、中七は長くても、下五はきちんと五音におさまっている句が多いことがわかるでしょう。

下五は、体操競技でいえば着地。途中は少々乱れても、最後にぴたっと決まると、全体がきりっと締まった俳句に感じられます。能や茶道のように、俳句も型があるからこそ表現が深まる面があります。字余りの俳句も、根底には「五・七・五／十七音」の定型感覚が生きているのです。

ルール2

季語を入れる

まずは簡単な季語から

二つめのルールは、「五・七・五の型の中のどこかに季語《きご》をはめ込む」という決まりです。

たとえば、今、春だとして考えてみましょう。簡単な季語として、「春風」や「春の風」を使ってみます。

まず、上五に入れました。

上五

春の風　中七　下五

すると、あと中七と下五の、十二音を埋めればいいことになります。

季語とは、季節を表す言葉

ワン！ポイント

ハンカチ、サイダー、鹿、大根、ラグビー……年間行事や自然物のような季節感のあるものだけでなく、飲食物、生き物、身のまわりのものなど、ふだん使っている言葉の中にも季語があります。

「俳句はだれでもできるアドリブだ」と私は思っています。アドリブで、まず目の前に置いてあるものを取り上げてみてください。今、私の目の前には一本のボールペンがあります。これでいきましょう。

「ボールペン」はちょうど五音ですから、残り十二音のうち、下五にはめ込みます。

上五 **春の風**　**中七**　下五 **ボールペン**

さあ、あとは中七だけです。

むずかしいといえば、ここがいちばんむずかしいところです。コツはけっして「季語を説明しないこと」です。

季語には、『万葉集』以来の日本人の思いがいっぱいくっついていて、すでに一つの世界を成していますから、いまさら説明は不要です。季語は季語で突き放しておいて、これに組み合わせるものとしての「ボールペン」のほうに目を向けて、じっくり見ます。そして、ボールペンのそこにあるがままを、思い

「季語の説明」とは？
たとえば、「夕立」（夏の季語）は、空が突然くもり、急激に降る雨のことですね。ですから、「夕立やみるみる空が暗くなり」といった句は、「夕立」を説明しているだけなのです（P.142参照）。

浮かんだ言葉で表現してみます。

まず、ボールペンは机の上にありますから、

春の風机の上のボールペン

としてみました。「机の上の」でぴったり七音、やったねという感じです。

バリエーションを考える

これで俳句はできました。五・七・五に季語を入れてしっかり決まっています。ただし、欲をいえば、上五が「春の風」という名詞、下五が「ボールペン」という名詞という形は、あまりよい形ではありません。上五、下五の両方が同じ重さでおかれているので、どちらにポイントをおいて表現したのか、はっきりしないからです（P.134参照）。

そこで、「や」という切れ字（P.41参照）を使います。この切れ字を使うと、そこで一句は切れます。そしてポイントがはっきりするのです。

春風や机の上のボールペン

「や」で大きく切れて、春風は窓の外を吹いています。そして机の上にも吹き渡ってきます。机の上にはボールペンがあります、という俳句になりました。

先ほどふれたように、思い浮かぶままやってみれば、「机の上の」の部分はいろいろに変化します。たとえば、

春風やころりころがるボールペン
春風やインク切れたるボールペン
春風や中すきとおるボールペン

人によってはもっと考えられるでしょう。これを基本に、季語の位置を変えたりすれば、バリエーションはさらに増えてゆきます。

句のバリエーションの簡単なつくり方

①句の一部を変える
②季語の位置を変える
③季語自体を変える

これだけでも、バリエーションが何句もできます。

ボールペン使い古《ふ》りたり春の風

さらに季語を変えてみれば、もうその変化は無限に近いのです。

これらの句のバリエーションの中では、

春風や中すきとおるボールペン

というのが、いちばんだれにもまねのできない表現になっていると思うので、この句を採ることにしました。

もちろんこの句が名句だというわけではありません。けれど、こんなふうにやってみれば、だれにだって俳句は作れるのです。

季語のはたらき

こうして俳句ができました。と言うと、たいがいの人は「なあんだ、俳句なんてバカみたい」なんて言います。俳句は人生の喜びとか悲しみを表現するものだ、なんて言っておきながら、そんなこと何も言ってないじゃないですか、って。本当にそうですね。

五・七・五とたったこれだけしか言葉が使えないので、言おうと思っていることなど言わないうちに完結してしまうのです。でも、これが俳句なのです。

このことを、俳人の加藤楸邨《しゅうそん》は「俳句はものの言えない文学」と言いました。私などは、むしろ「ものを言わない文学」としたいくらいです。

つまり、連想ゲームのようなものだと思ってください。一つの俳句は、ちょうど一曲の楽譜のようで、それだけでは音は出しません。けれど、その楽譜を読んで音楽が演奏されるように、その俳句を読んで連想を広げるのは読者です。そして、どう読みこなすかは、そのほとんどが季語のはたらきによるものなのです。

春風や中すきとおるボールペン

この一見何も言っていない、つまり、なんの意味もないように見える句も、読む人によっては次のように読めるのです。

まず、この季語「春風」を見てみましょう。

「春風」と言えば、たいていの歳時記《さいじき》（P.40参照）には、「風がもう冷たくなく、春風駘蕩《しゅんぷうたいとう》という言葉のように、うらうらと晴れた春の日に、のどかに、やわらかく吹く風」などとあります。そして万葉集の昔から、春風と言っただけで、日本人は人生の春のときや、恋を思い浮かべてきたのです。

ですから、この春風は、今吹いている現実の春風でありながら、同時に頭の中では、万葉以来のありとあらゆる文学に登場してくる春風でもあるのです。季語とは、そういう豊かな連想のはたらきをしているのです。

さて、その春風の中に、中の透けて見えるボールペンが置いてあります。「中が透けて見える」ということは、そこに人の心を誘い込むような清潔なロマンチックなイメージがあります。また一抹のさびしさも漂っています。その両方のイメージが、一句の中でいきなりドッキングしたのです。

五七五は短すぎる？

「何も言わないで、何かを思わせる」のが俳句。読む人に想像を広げてもらえばいいのです。

すると、のどかな静かな、恋の気分を誘うような「春風」に吹かれる、「中の透けて見えるボールペン」に目をやる作者は、今、だれかに心の内を書き送りたいと思っているのかしら、というふうに思わせます。

あなたは全然別のことを思ったとしても、それはそれでいいのです。読む人によって、さまざまに読めるのが楽しいところです。その人が持つ「春」のイメージによって読み方が変わってきます。

今度は、「春風」を「秋風」に変えてみましょう。こうしてみると、季語のはたらきということが、もっとはっきりしてきます。

秋風や中すきとおるボールペン

「秋風」と言えば、歳時記には、「初めて秋を告げる風で、身にしみてあわれを誘うように吹く」などとあります。「秋」に「厭《あき》」を掛けて、どちらも、おのずから恋の破局、人生の秋のときを思い浮

「春風」を季語とする有名な句の例

春風や堤長うして家遠し　与謝蕪村《よさぶそん》
春風にこぼれて赤し歯磨粉　正岡子規《しき》
春風や闘志いだきて丘に立つ　高浜虚子
春風の日本に源氏物語　京極杞陽《きょうごくきよう》

かべるようになっています。

　こうしたことを念頭において、この句を読むと、中の透きとおったボールペンはにわかにさびしく、インクも切れそうになっているし、一年も盛りを過ぎた、恋も終わる予感といったものを感じさせるのです。中の透きとおっている、ということ自体、人のいのちのようなものさえ思わせてきたりするではありませんか。

　わかっていただけたでしょうか、これが俳句なのだということが。だから、俳句は作者が何も言わなくても、季語によってさまざまな思いを誘うようにできていればいいのです。

　季語がこんなにも語ってくれるのですから、季語をいかに幅広く、奥深く、軽く、あるいは強く生かすか、ということが重要なことになるのです。

「秋風」を季語とする有名な句の例

石山の石より白し秋の風　　松尾芭蕉
淋しさに飯をくふなり秋の風　　小林一茶《いっさ》
秋風や眼中のもの皆俳句　　高浜虚子
死骸《なきがら》や秋風かよふ鼻の穴　　飯田蛇笏《だこつ》

前ページの「春風」の句と、こんなにイメージが違います。

俳句は理屈ではない

29ページのように「秋風や中すきとおるボールペン」と、季語に「秋風」をもってきたことで、にわかにさびしく、恋も終わる予感を感じさせると言うと、「なんかよく意味がつかめない」と思う人もいるでしょう。

そういう人は、たいがい、「つまり、秋風が吹くからボールペンの中がすきとおるのですか?」と聞きます。むろん、そんなはずはありません。

こういうふうに、理屈に見合った答えがなくてはわけがわからないという読者は案外多いのですが、理屈をつけて読んでいては、俳句を本当に読んだことにはなりません。

この句の「秋風」と「ボールペン」も、「や」によって大きく切り離されていて、「ボールペン」は目の前のテーブルに、「秋風」は窓の外に、なんの関係もなく存在します。その関係なかったもの同士が一つの句の中でつながると、そのときはじめて、なにか理屈のつかない思いが心の中にわき起こってくる。これが俳句や詩なのです。

無意味でありながら
理屈のつかない
思いにひたらせる。
それが俳句の力!

季語のおもしろさ、奥深さ

では、季語についてもう少し具体的に考えてみましょう。

季語のことを古くは季題《きだい》ともいいましたが、日本人は昔から季題を大切にして、繰り返しこの季題によって詩歌を作りつづけてきたのです。ですから、季語には日本人の思いが濃くしみ込んでいます。

たとえば「花」と言えば、俳句では「桜」を表しますが、そのほかに「春の花一般」をも表します。「花時《はなどき》」「花衣《はなごろも》」と言えば、それぞれ桜の咲いているとき、その時期の衣服を表します。また、「花の雲」は桜が爛漫《らんまん》と咲いたさまを言います。

でも、一年中あるのに、とくにその季節をさす季語もあります。

たとえば「月」。単に「月」と言えば「秋の月」を表します。それ以外の季節に月を詠むときは、「春の月」「夏の月」「冬の月」というふうに、季節を加えて言わなければなりません。

これらは昔からの俳句の約束ごとで、よく味わってみると、実に思いの深い、その季節を大切にした表現なのだということがわかるでしょう。

また、「ハンカチ」という季語が「夏を表す季語です」と聞くと、「どうしてハンカチが夏なの？　ハンカチなんて一年中あるのに」と思うでしょう。季語というのは、一年中あるものでも、それが最もそれらしくはたらくときを、それの季節としているのです。このことを季語の「本意《ほんい》」といいます（P.108参照）。

ハンカチが、最もハンカチらしくはたらくときといえば、夏の暑いとき、汗がダラダラ出てそれを拭くのにどうしても必要なときなのです。他の季節にハンカチのことを詠む場合は、それぞれ「秋のハンカチ」「冬の」「春の」として使います。


また、「胡瓜《きゅうり》」や「トマト」なども、いまでは一年中出回っています。けれど、俳句に詠まれた場合は、やはりそれに最もふさわしい季節、「旬《しゅん》」のときがそのものの季節といえるのです。つまり「胡瓜」も「トマト」も畑でたっぷり採れる時期の、夏の季語なのです。

季語と実際の季節がずれることも

明治になって暦は新暦になりましたが、歳時記は旧暦に従っています。そこで、季語と実際の季節とは少しずつずれが出てしまって、ややこしいことになっています（P.180「二十四節気早見表」参照）。

ですから、いまは、歳時記は暦のように厳密なものとは考えられていません。だいたいそのころをさす言葉と考えておけばよいでしょう。

言いはじめたら、「一月一日」が寒い最中に「新春」であるとか、その新春のあとに「寒《かん》」が来て、それから「立春」になることやら、「七夕」や「天の川」が秋になっていることやら、疑問や矛盾は限りなく出てきます。

でも、それにもかかわらず、歳時記はおもしろいものです。

こんな季語もあります

①「秋の夜」⇒秋の季語
②「夜の秋」⇒夏の季語

②は夏の終わりのころの夜に、ふっと秋めいたなあと思うのをさしています。

歳時記の中には、昔から日本人がいかに季節に敏感に反応してきたか、いかに繊細な言葉でそれを表してきたかが、書かれています。

季節ごとに旬があるもの

たとえば、「山」のように、一年中そこにあるものには旬があるでしょうか。それがあるのです。「山」が最も美しいとき、それは一年に四回もあるので、旬は四回あるといえるかもしれません。

●春の山　薄緑色に木も草も芽吹いてけぶるような山を「山笑う」といいます。「春山淡冶《たんや》にして笑うがごとし」という漢詩の言葉から出たものです。「芽吹《めぶき》山」ともいいます。

田のくろに石の鳥居や山笑ふ　ささ南風《みなみ》

●夏の山　小暗いほどに葉が茂って、崖や岩の間や苔《こけ》などを伝って湧き水がし

最初は基本の季節で

八月八日前後が立秋なので、旧暦に従っている「お盆」や、八月に旬になる「西瓜《すいか》」や「朝顔」などは秋の季語。現代の感覚とずれがありますが、俳句に慣れるまでは、基本ルールに従うことをおすすめします。

たたり落ちていることを「山滴《やましたた》る」といいます。「滴り」「茂り」だけでも季語です。

笠一つしたたる山の中を行く　正岡子規《しき》

●秋の山　紅葉、黄葉に彩られた山を「山粧《やまよそお》う」といいます。これも「秋山明《めい》浄《じょう》にして粧うがごとし」とあるのにもとづいています。「紅葉《もみじ》山」ともいいます。

みちのくの奥の奥まで山粧ふ　豊田まつり

●冬の山　「枯木山」や「雪山」となり、冬眠しているかのような山の姿を「山眠る」といいます。「冬山惨淡《さんたん》として眠るがごとし」からきています。

夢みつつ眠れる山を下りてきし　辻 桃子

植物も同じです。たとえば「柿の木」。葉や花、実、それぞれ季節によって旬があります。

●柿若葉（初夏）　若葉の中でも、柿の若葉は特別にあざやかです。

●柿の花（夏）　めだたない花ですが、こぼれるときはぼとぼと散り敷きます。

●柿（秋）　赤くおいしくなった柿の実のことです。

●柿紅葉《かきもみじ》（秋）　柿の葉の紅葉です。

●柿落葉《かきおちば》（冬）　さまざまな落葉の中でも柿の落葉は大きく印象的です。

ほかにも歳時記には柿に関する季語がたくさん載っています。一本の木が季節によってしっかり変化しているのだということがわかりますね。

四季によって変化しているのは、なにも自然の草木ばかりではありません。人間も自然の一部なのです。

たとえば「扇」を見てみましょう。

●扇《おうぎ》（夏）　暑いときに涼しい風を送るために使います。

●秋扇《あきおうぎ》（秋）　秋になってもまだ暑いころに使います。

●扇置く（秋）　秋も深まって、もう置かれたまま使われなくなった扇です。
「捨扇《すておうぎ》」などともいわれています。

●冬の扇（冬）　本来使われる季節ではないけれど、儀礼的に使われます。
●初扇《はつおうぎ》（新年）　新年に初めて使われる扇です。
ほかにも、「障子《しょうじ》」「炉《ろ》」「簾《すだれ》」など、歳時記には、いろいろなものが四季の変化を見せています。

一句に一季語が原則

季語はふつう、一句の中に一つ使うのがよいとされています。

季語は俳句のポイントなので、短い中にいくつもポイントがあっては、焦点がぼやけてしまうことを注意しているのです。

このことは俳句の原則としてよく頭に入れておきましょう。

ただ、ときには一句の中に季語が二つ以上入っている句もあります。

これを季重《きがさ》ね（季重なり）といいます。

歳時記を常に身近に

歳時記にはおもしろい季語がたくさん載っています。パラパラとめくるだけで、日本語の含蓄の深さに目が開かされます。

例をあげてみましょう。

秋雨に濡れつつ来れば薔薇《ばら》も濡れ　辻 桃子

「秋雨」は秋の季語、「薔薇」は夏の季語で、季重ねになっています。けれど、現実に「薔薇」は一年中咲いていることがあるので、そういうものを句材《くざい》（俳句の材料、素材）にすると季重ねの句もできます。

あまり気にせず作ってみて、句のできのよしあしであえて季重ねにするかどうかを決めてもよいのですが、初心のうちは失敗しがちなので、季重ねを避けることを意識してください（P.146参照）。

三つ以上の季重ね、季語ナシの俳句も

あえて三つ以上も季語を入れて季重ねをおもしろく生かした句や、逆に季語を入れない「無季俳句《むきはいく》」もあります。俳句に慣れたら、そういったチャレンジも！

歳時記の選び方

大きな書店の俳句コーナーに行けば、豪華本から文庫本まで、歳時《さいじ》記《き》、季寄《きよ》せ（歳時記の簡略なもの）がずらりとそろっていて、どれを選ぶか目移りしてしまいますね。最初のうちは、

①かばんに入れて持ち運びしやすい厚さ、大きさ

②各季語に解説と、例句が二、三句は載っているもの

というのを目安に選ぶといいでしょう。

一冊ものと分冊のものがありますので、好みのタイプを。分冊には、春夏と秋冬新年の上下二分冊、四季別の四分冊、春夏秋冬と新年を別立てにして五分冊になっているものなどがあり、一長一短ありますが、上下くらいの二分冊が使いやすいと思います。

季寄せは、季語の解説がなく、例句だけ載っているもの。ある程度季語が身についてから使うもので、初心者には向きません。

俳句にのめり込むと、グレードの高い歳時記が欲しくなります。そのときは改めて買えばいいので、最初から「完璧な一冊を」と考えなくてもいいでしょう。

一冊もの

一冊に春夏秋冬&新年の季語がまとまったもの。分厚いものが多い。

分冊もの

季節ごとなど、何冊かに分かれたもの。携帯しやすい新書や文庫サイズが多い。

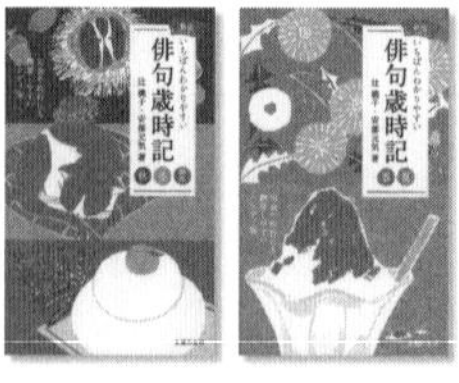

※『いちばんわかりやすい俳句歳時記』シリーズ。いずれも辻 桃子・安部元気 著（主婦の友社 刊）。

ルール3

切れ字を使う

二つの型「一物仕立」と「取り合わせ」

俳句には大きく分けて「一物仕立《いちぶつじたて》」と「取《と》り合《あ》わせ」という二つの手法があります。まず、これら二つの手法についてお話ししたあとで、切れ字の説明をします。

一物仕立とは、句に切れ目がなく、上からするすると一気に詠み、最後に切れが入る、たとえば次のような句のことです。

流れゆく大根の葉の早さかな　高浜虚子

よく知られた名句です。寒々とした冬の川が流れている。上流で掘りたての大根を洗っているのでしょう、一枚の大根の葉がすばやく流れていくよ、とい

うそれだけを、切れ目なく一気に詠んでいます。切れ目なしで最後まで続く句の勢いが、川の水の速さを連想させます。

一方、取り合わせの句とは次のようなものです。

荒海や佐渡に横たふ天の川　松尾芭蕉

これも有名な句ですね。この句は「荒海」と「天の川」という二つの異なるもの、異なる情景が、一句の中に同時に詠まれています。こうした異質のものを組み合わせた句が、取り合わせです。

取り合わせは「二物衝撃《にぶつしょうげき》」とも呼ばれます。異質のものや異なる情景をぶつけ合わせることで、一句の内容を複雑に、また立体的にし、一物仕立では出せない奥行きや広がりをねらう手法です。二つのものがぶつかり合って、新しい世界が現出します。また、二つの素材が組み合わされ、一句が二句に切れているところから、「二《に》句《く》一章《いっしょう》」ともいわれます。

俳句の二つの手法

① 一物仕立

一つの要素・材料で作る句。季語に何かを取り合わせただけでは作れないので、初心者にはむずかしい。

② 取り合わせ（二物衝撃）

二つ以上の要素・材料を取り合わせて作る句。取り合わせするものによって、句にさまざまなイメージをもたらす。

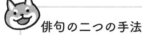

切れ字は短い俳句に便利

俳句の一物仕立と取り合わせの二つの型は、それぞれのリズムを持っています。このリズムをつくり出すのが切れ字です。

切れ字は、代表的なものには「や」「けり」「かな」「なり」「たり」「ぬ」「ぞ」「し」などがありますが、一句の内容を途中で、あるいは終わりに切るはたらきをしていれば、その語はすべて「切れ字」なのです。

なかでも「や」「けり」「かな」は強い切れ字です。昔は俳句のことを「やかな」と称したこともあったくらいですから。そのせいでしょうか、「や」や「けり」を使うととたんに、俳句が古くさくなるように感じる人は多いのです。けれど、たった十七音しかない短い俳句の中でとくに思いを伝えたいときに、切れ字は大変便利な表現です。切れ字がうまく生きたとき、俳句は短い詩ならではのよさを最も発揮します。

代表的な切れ字

「や」「けり」「かな」

その中でも、
この三つは重要！

「なり」「たり」「ぬ」「ぞ」「し」

「五・七・五にする」「季語を入れる」に対し、「切れ字を使う」というのは俳句の基本ルールとして必須ではありませんが、俳句のよさを引き出すものとして、本書ではルールに加えました。

切れ字・その1

「や」

①それがついている語を強調し、感動・詠嘆を表す
②二つのものを取り合わせるときに、両者の「切れ」を示す

❶感動・詠嘆の「や」

芭蕉の「荒海や」の句の切れ字のはたらきを見てみましょう。切れ字の「や」を抜きにしてみると、

荒海の佐渡に横たふ天の川

となります。「海の荒れている佐渡に天の川が横たわっていますよ」といった起伏にとぼしい句意です。

元の句に戻して「や」をつけると、「や」がついている語「荒海」が強調され、

切れ字は一句に一つ

切れ字は強いはたらきがあるので、一句の中に二つあると、あちこちで句が切れてばらばらな印象になります。「や・けり」「や・かな」のように、一句で同時に使うのは避けたほうがいいでしょう。

ここにこそ作者の思い入れがあることがわかります。

荒海や佐渡に横たふ天の川

目の前でうねる日本海、不気味な荒れよう、荒波の陰惨なとどろき、引き込まれそうな暗さ、断腸の思いのさびしさなどが「荒海」から伝わってきます。

この荒海をまず前提として、そのはるか向こうに横たわっている罪人遠流の島、佐渡、その上にかかるほの暗い天の川を思っているのです。

「や」がつくことによって、はるか昔の芭蕉の思いの在《あ》り所《どころ》までありありとわかるわけです。

「切れ字」とは、このように大きな感動で作者の主題、テーマを伝え、そのうえに、読み終わったあとの余情や、気韻《きいん》、格調なども生み出しているのです。

山の上《へ》の小《ち》さき鳥居や潮干寒《しおひざむ》

飯塚萬里《ばんり》

この句の「や」は、「荒海や」の「や」にくらべると軽い感動を表しています。

風の寒い日に潮干狩りに来て、ちょっと振り向くと山の上には小さな鳥居が見えたのです。きっと海の神でしょう。

さらに、

金剛《こんごう》の露ひとつぶや石の上　川端茅舎《ぼうしゃ》

足袋《たび》つぐやノラともならず教師妻　杉田久女

朝日を受け、金剛（ダイヤモンド）のような光を放つ露。それが一粒石の上に（茅舎）。あるいは、家や家族を捨てたイプセンの戯曲『人形の家』のヒロイン、ノラと同じように、胸の内の熱い思いを押し殺し、暗い灯の下で足袋を繕《つくろ》っている教師の妻（久女）。どちらの名句も「や」の詠嘆が効いています。

❷ 句を切り離す「や」

「や」という切れ字は、このような感動、詠嘆を表すとともに、もう一つ、一句を切り離すはたらきもしています。まったく関係のない二つのものを取り合わせるときに、両者の間に入って、切れていることを示すはたらきをしている

重い感動、軽い驚き、どちらも「や」で

「荒海や」のような重く熱い感動・詠嘆、「小さき鳥居や」のような軽い驚き、いずれも切れ字「や」で表せます。

のが、この「や」です。これはとても大事な「や」のはたらきです。
「や」があるところで大きく切れているのはこんな句です。

逢引や鼻につーんとわさび漬　山田めだか

「逢引」なので、男女がひそかに逢っているのです。二人でお酒でも飲んでいるのでしょう。わさびが鼻につんときたのです。逢引とわさび漬はなんの関係もないのに、「や」で切って逢引をしているぞと強調したことで、それ以下の「鼻につーんと」がまるで二人の間柄のようだと思わせて、胸にぐっとくるものがあります。

短《たん》日《じつ》や売り味噌の山整へて　森 高弘

短日だから店先の味噌の山を整えたわけではありません。急に日が短くなったころ、いつでも整えてあるこの味噌山が際立ってとがって見えたという意味です。しゃもじの跡も見えるようです。いよいよ一年も終わり、心も急にせわしく感じられたのです。互いに関係のない「短日」と「味噌の山」がこうして

ワン!ポイント

切り離すことで「間」をつくる

ここでの「や」は、句をいったん区切って、豊かな余情の中で一句を味わう間をつくります。

一句の中に取り合わされると、ぶつかり合って、思いもかけない新しいイメージの世界が現れます。

水澄むや佐渡より来《きた》る狂言師　山田こと子

この句においても、「水澄む」と「狂言師」は互いに何の関係もないものです。たまたま秋の水も澄むころになって、はるばる佐渡から狂言師がやってきたのでしょうか。

こういうふうに取り合わせて作るときは、二つのものが互いにまったく異質であるほど、二つのものの間の断絶と飛躍が大きくて、発想に新しみが出ます。

中年や遠くみのれる夜の桃　西東三鬼《さいとうさんき》

「中年」という言葉と、「はるか遠くの夜の果樹園にみのっている桃」は、やはり異質なものです。ところが、こうして一句に取り合わされると、二つのイメージは、衝撃的に新しい別のイメージを誘い出し、中年男性のそこはかとない屈折感が見事に浮かび上がってきます。

「や」を使っても切れていない句

山吹や花散りつくす水の上　正岡子規

「山吹の花が水の上に枝を伸ばして、はらはら散り尽くしてしまった」という句です。

この句は、「や」で切れてはいません。別に「や」でなくとも、「山吹の花散りつくす水の上」としても、句意は同じです。けれど「や」によって、「ああ、目にもあざやかに黄色い花の、そのかがやくような花びらだなあ！」という、山吹に対する感動を表しています。

花衣《はなごろも》ぬぐやまつはる紐《ひも》いろいろ　杉田久女

の句もそうです。「脱ぐや」として、脱いだ勢いが強調されていますが、切れてはいません。

ワン！ポイント

引き締め効果のある「や」

上記はどの句も上五に「や」がきて、下五は名詞で止めています。無駄がなくぴしりと引き締まった印象を受けるのは、「や」の効果ですね。

切れ字・その2

「けり」

厳しく強い覚悟、いさぎよさなどを表す

きっぱりとした切れ字「けり」

「けり」の効果がわかりやすい例として、この句を見てください。

帚木《ははきぎ》に影といふものありにけり　高浜虚子

「帚木」は「ほうき草」のことです。夏には小さな枝をこんもり茂らせています。よく見ると、その茂りの中に影が抱き込まれるように、ひそんでいるように見えるのです。草や木の枝に影が生まれるというのは、ごく単純で当たり前のことですが、「影というもの」があるのだぞ、と改めて強調したことで、読み手はその影をつぶさに心にとめることになります。

神田川《かんだがわ》祭の中を流れけり　久保田万太郎《まんたろう》

この句は、神田祭の中を神田川が流れているということだけを言ったものですが、きっぱりと「けり」と言い切ったことで、なんでもない事実が急に切なさを帯びてくるのに気づきませんか。川も人も流れ去ってゆくのだ、と言っているような気さえします。「けり」と言い切ることによって深々とした余情が漂ってきます。

寒灯《かんとう》を残して島を離れけり　篠原喜々《きき》

寒々とした冬の灯りを残して、島を離れた、という句です。だれがどういう理由で島を離れるのか、その説明は省かれていますから、読み手は自由に想像することが許されます。「寒灯」は、寒々とした冬の灯りですが、これもどこのどういう灯りか説明がありません。ぽつんとともった波止場の灯りか、今、別れを告げてきた老いた親の家の暗い電灯かもしれません。

龍宮《りゅうぐう》を見んとて春に逝かれけり　辻 桃子

春のある日、その人は「龍宮を見に行くよ」と言い残して亡くなったのです。「けり」に、ああ逝ってしまったのだ、という強い哀惜の念がこもります。

強く、重い印象を加える「けり」

上の「寒灯を」の句で「離れけり」を「離れたる」としたら、「たる」は軽く弱い切れなので、「島を離れた」ということが単に事実として語られた印象に。一方、「離れけり」とすると、「今まさに島を離れたのだ」と、もう帰らないかのようなきっぱりした印象が強く、突き刺さるような重い表現になります。

どの句も、容赦なく、残酷無比というほどスッパリと切っています。

切れ字・その3 「かな」 作者の思いが向けられた先を示す

ポイントを示す「かな」

「かな」が最も生かされるのは、一物仕立（P.41参照）の句の最後につける使い方です。「かな」がついている語が一句のポイントになります。たとえばこの句を見てください。

とどまればあたりにふゆる蜻蛉《とんぼ》かな　中村汀女《ていじょ》

野辺の道か山道か、作者は前を見つめ、一心に歩いてきたのです。ふと立ち止まると、目の前にとんぼが一匹。おや、あそこにも、ここにも。まあ、見ているとどんどん増えてくるではありませんか。ときどきはとんぼの大群を見かけることもありますが、やさしい表現でこの一瞬の驚きを表しています。

鉛筆を削り清記《せいき》の餓鬼忌《がきき》かな

森本遊染《ゆうぜん》

「清記」とは、句会のとき、参加者の書いてきた句を別の紙に清書すること（P.167参照）。何の清記か、まずは鉛筆を削り、几帳面に書くのです。たまたまその日が「餓鬼忌」（芥川龍之介の忌日）だったので、「餓鬼忌かな」で、にわかに狂気のようなとがった削り方が見えてきます。

魚市を抜け来て祭用意かな

冨山《とみやま》いづこ

トラックや運搬車や長靴姿のおじさんたちでごった返す魚市場を抜けたら、そこに神社があったのでしょう。祭りの準備が始まっていた、というのです。俳句でただ「祭」といえば夏祭りのこと。具体的には、どんな祭りの用意なのかは説明されていませんが、「祭用意かな」で一句が終わっているため、「そうか、もう夏祭りの準備の時期なんだなあ」という作者の少しびっくりしたような思いが伝わってきます。

追ひ払ふ蛾に汚《よご》されし日記かな　山本甲斐《かい》

外套の胸よりひよいとチワワかな　根本葉音《はのん》

両句とも、〈追ひ払ふ蛾に汚されし日記なり〉とか〈外套の胸よりひよいとチワワ出て〉とした場合と読みくらべてみてください。「かな」を使ったことによって、「私の大切な日記なのになあ」「おや、チワワだ」ということが一句の中心としてはっきり浮かび上がり、心に中にいつまでも余韻が残ります。

主な切れ字の例

〈と〉空蟬や死ぬる時には名を呼ぶと　藤井なづ菜

〈もし〉茗荷《みょうが》の子さぐりつホ句を案じもし　柳川《やながわ》 昤《れい》

〈しが〉冬ごもりせらるるのみと思ひしが　安部元気

〈よ〉柿食うて面白きこと言ふ人よ　三宅美也子

〈かり〉師の庭のこれも花野といふべかり　ふく嶋桐里《きりり》

※ひらがな四十八字は、どれも切れ字になりうるのですが、上は主な切れ字の例です。

2章

すぐに俳句が見違えるコツ6

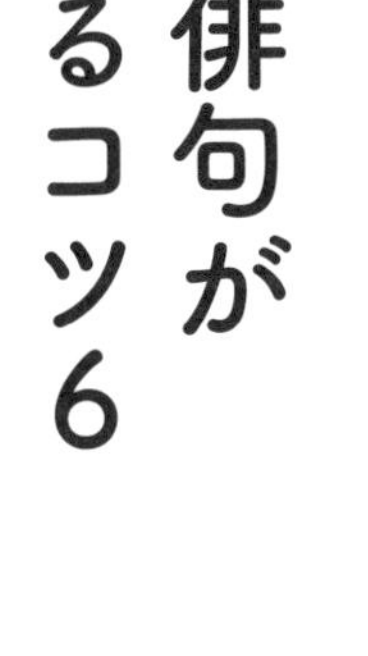

コツ1

省略する

俳句の省略とは

五・七・五という型は、何か言おうとするには短すぎるような気がするかもしれません。

俳句を作りはじめると、言いたいことをしっかり言わないとわかってもらえないのではないか、と思って、思わず次のような句を作ってしまったりすることがあります。

夏星へクラシックがんがんケンカあと

夫婦か恋人同士で口争いでもしたのでしょう。その腹立ちをぶつけるように、部屋にこもって、クラシックを大音量で聴いているという句です。

状況はよくわかりますが、長くて詰め込みすぎですね。欲張ってたくさんの

言葉を使いすぎています。俳句は十七音の短い詩ですから、なんとか「省略」して五・七・五におさめなければなりません。たとえば、こんなふうにしてみましょう。

夏星へがんがん響くクラシック

夏の夜、星に届けとばかりに大きな音でクラシックをかけているという情景だけが読み手に伝わります。それが「ケンカのあと」の腹立ちからだったとはわかりませんが、腹が立ったからボリュームを上げた、というのはわかりやすすぎて、読者の想像力がはたらく余地がありません。そこを省略したことで、夜空に音が広がってゆくイメージがわき、一句に奥行きが出て、含蓄《がんちく》のある句になりました。

言わなくては通じないところだけ残して、あとはすべて省略すると、大切なところだけがストレートに心の奥深くまで届きます。

それでは、実際には句がどう省略されているかを見てみましょう。

ワン! ポイント

省略した部分を読者に思わせる

俳句を始めたころは、「省略しすぎて言いたいことが伝わらないんじゃないか」と考えがち。でも、むしろ言わなくていいことはできるだけ省略し、読者に深く思わせるのが俳句です。

羅《うすもの》をゆるやかに着て崩れざる　松本たかし

羅は、夏の盛りに着る絽《ろ》、紗《しゃ》、透綾《すきや》、上布《じょうふ》などの薄い絹の単衣《ひとえ》のことです。和服は、帯を締めあげ、何本もひもを使って、きっちりと着るのが正式ですが、この人は、夏物らしくゆったりと着こなしていながら、ちっとも崩れた感じはないというのです。着物を着なれた中年の女性でしょう。どこのだれか、何歳くらいのどういう立場の女性か、見かけた場所はどこか、といったことはすべて省略されていますが、清潔な色気もあり、鏑木清方《かぶらぎきよかた》の美人画に出てくるような女性が浮かびます。

夏嵐《なつあらし》机上《きじょう》の白紙《はくし》飛びつくす　正岡子規

夏の強い風が吹いている日。窓を開けたら、その風で机の上に積んであった紙が残らず吹き飛んだ、という句です。これもどこで、何の紙が、といったことはいっさい省かれていますが、風の強さと、白い紙が吹き飛ぶ様子が、いかにも夏らしいなと感じさせます。

長い季語を省略することも

季語には長いものもあり、五・七・五におさまりにくいとき、少し縮めて言うこともあります（左ページの表参照）。たとえば、春の季語「鷹《たか》化《か》して鳩《はと》となる」は十音ですが、これを縮めた「鷹鳩《たかはと》に」だと五音ですみます。

雪囲《ゆきがこい》よりとぎ汁の流れけり　辻 桃子

雪の深い地方では、家の周りにがっちりと雪囲いをして冬を迎えます。その砦《とりで》のような雪囲いの隙間から、ひと筋の白いとぎ汁が流れ出していた。ただそれだけを描写した句ですが、下水道も完備していない山里の暮らしが目に浮かびます。真っ白なとぎ汁がいかにも寒そうで、雪囲いの中で営まれている人の暮らしにしみじみと思いが広がります。

こうして見ると、改めて俳句のおもしろさとは理屈ではないところにあるのだということがわかりますね。

切れを利かせる

俳句がこんなに短い言葉なのに、ときには一編の短編小説やしっ

言い換えて短くできる季語

季語	省略・言い換えの例
蔓梅擬《つるうめもどき》	うめもどき、つるもどき
熊穴《くまあな》に入《い》る	熊穴に
蛇《へび》穴に入る	蛇穴に、蛇穴
蜥蜴《とかげ》穴を出る	蜥蜴出る
地虫《じむし》穴を出る	地虫出る

季語	省略・言い換えの例
鷹《たか》化《か》して鳩《はと》となる	鷹鳩に
龍天《りゅうてん》に昇る	龍天に
雀蛤《すずめはまぐり》となる	雀蛤と
蛇《じゃ》の髭《ひげ》の実	龍の玉

かりと描き込まれた油絵に匹敵するほどの内容を盛り込めるのは、こうした俳句独特の省略のおかげです。

全部を言い切らず、全体のごく一部だけをぽんと示して、あとは読み手の想像力にまかせる。そのはたらきをするのが「切れ字」です。切れ字(P.41参照)を用いて省略をつくり出すことを「切れを利かせる」といいます。

たとえばこの句を鑑賞してみましょう。

秋風や模様のちがふ皿二つ　原　石鼎《せきてい》

この俳句では、「秋風」と「模様のちがふ皿二つ」の間を切れ字の「や」がぷつりと切っていて、この間にあるさまざまな説明をいっさい省略するはたらきをしています。

皿が置いてあるのですから屋外ではないでしょうが、どんな場所なのか、皿はどこにあるのか、そういうことはまったく書かれていませんね。それでいて「模様のちがふ皿」という言葉から、読み手の脳裏にはさまざまなイメージが立ち上がってくるでしょう。

①ある人は、マイセンの豪華な磁器の絵皿を思い浮かべるかもしれません。壁に絵皿を飾った応接間で、革張りのソファに沈みながら、外の秋風に耳を澄ませ、もの思いにふけっている……と。

②ある人は、独り暮らしのちゃぶ台を思うかもしれません。夕食というのに相手もなく、台の上には安物の皿に盛られた二品の貧しい食事があるだけ。秋風がいやがうえにもさびしさをつのらせている光景です。

③ある人は、旅の宿を思い浮かべるかもしれません。宿の立派な夕食に、はなやかな模様の皿が二枚出た。模様が美しいだけにかえって、外に鳴る秋風のわびしさが身にしみ、旅情をかき立てられる……。

どれが正解ということはありません。俳句に正解はないのです。作者が句を詠むときの具体的な情景はあるでしょうが、読み手はそれにとらわれず、省略の間を自由に埋めて読むことができる、それが俳句のおもしろさであり、それを助ける重要な役割をするのが切れ字です。

見どころを一つに絞る

俳句でいう「見どころ」とは、一句のポイント、見せ場のこと。作者がいちばん言いたいことです。それを一つに絞ることを「一事一句《いちじいっく》」といいます。見どころが一句の中にいくつもあると、印象が散漫になってしまい、「これが言いたい！」というところが、読み手に伝わらなくなってしまいます。

見どころを絞るコツを、例とともに説明しましょう。

水鉢の小《ち》さき蛙《かわず》は小《ち》さき葉へ

水鉢の中に小さい蛙がいるのでしょう。おもしろい眺めですが、この句では

見どころがあいまいです。たぶん作者の言いたいのは水鉢ではなく蛙だと思われますので、

跳んできし小《ち》さき蛙は小《ち》さき葉へ

などと、水鉢を切り捨てて、蛙をくわしく描写すれば、これが見どころになります。もし水鉢のほうを見どころにしようとするなら、

水鉢や小《ちい》さき蛙跳んできし

と、「や」で切れば、上五の水鉢が見どころになります。

炎《も》ゆる日や逢ふ人同じ麦藁帽《むぎわらぼう》

この句も「麦藁帽」をポイントにして、

炎ゆる日の同じ麦藁帽子かな

一つの句に複数の見せ場をつくらない

一句の中にあれこれ詰め込むと、何が言いたいのか伝わりにくくなります。もし言いたいことが二つあるなら、それぞれを見せ場にして二句作るようにしましょう。

としたり、「逢ふ人」を強調して、

逢ふ人の同じ麦藁帽子かな

など、見どころを絞れば、句はぐっと鮮明になります。

ちなみに、前ページの「炎ゆる日」の句は、「炎ゆる」「麦藁帽」と、夏の季語が二つ入っています。季語は見どころになることが多いので、そういう意味からも「季重ね」(P.146参照)は避けたほうがいいでしょう。

省略がだんだんおもしろくなる

俳句に慣れないうちは、どこをどう省略するかさじ加減がわからず悩むかもしれません。それを乗り越えて、十七音の短さの中で言いたいことを表現できるようになると、だんだん省略が快感になります!

句帖を持とう

「句帖《くちょう》」というのは、作った句を書きとめておくノートですが、決まった形があるわけではありません。出かけた先で句を作ったり、電車の中で句を思いついたりしたときのために、上着のポケットやバッグに入るぐらいの小型ノートが便利です。

おすすめは縦書きの罫《けい》が入ったあまり分厚くない手帳サイズのもの。句を作るときの基本は縦書きだからです。

ところで、句を書くものはなんでもいい、チラシの裏だって使えると思っていませんか。でも、俳句はあなたにとって大事な作品です。人生のそのときどきの経験や思いが刻み込まれているのです。チラシに書き散らしてなくしてしまうのはもったいないし、またそう思って作るのでなければ、上達もしません。書く意味もありません。

初心のうちは「どうせ習作だから」と、できた句を粗末にしがちですが、ある程度続けていると、俳句を始めたばかりのころの作品も大切に思えてきます。ぜひ最初から句帖にしっかり書きとめる習慣をつけてください。

著者主宰の俳句結社「童子」の句帖。

縦書きの罫線。左右に童子メンバーの句が入っている。

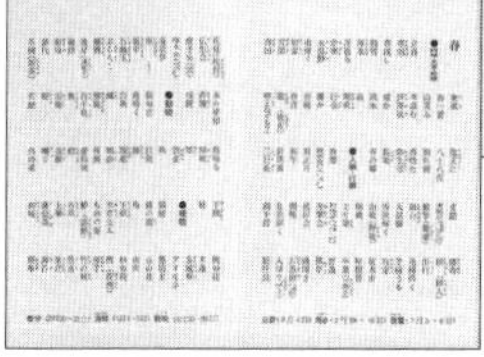

巻末に代表的な季語がまとめられている。

コツ2

わかりやすい言葉を使う

難解な言葉、借り物の言葉は使わない

芭蕉、子規、虚子といった大俳人の名句ならともかく、初心のうちはどこまでもわかりやすく平明な言葉で作ることが大切です。子規はその著書の中でちょくちょく、「俳句の趣味は其《その》簡単なるところに在《あり》」と言っていますが、まさに、俳句は簡単なのがよいのです。簡単にしていかに深くものを思わせるかが問題です。そのためには、あまりむずかしい言葉は使わないようにしましょう。

たとえば、この句を見てください。

青蛙連理《れんり》の石に睥睨《へいげい》す

「青蛙」はわかります。けれど、「連理の石」とはなんでしょう。辞書を引けば「連理」については出ています。この言葉を作者流に解釈したのでしょう。「睥睨す」もむずかしい言葉です。一句の中にこうむずかしい語が出てきて、いちいち辞書を引いていたのでは、感動がわきません。まず、わかりやすく、簡単に表現しましょう。

また、この句を見てください。

冬の浪一期一会《いちごいちえ》の死の美学

一読して、わかったようなわからないような感じです。深く読んでわかったにしても、ここには作者の息づかい、肌ざわりがありません。つまり、どこかで見たような借り物の表現になっています。

借りてきたような言葉ではなく、自分の心にわき上がった思いをそのまま表現しましょう。つたなくても自分の言葉で表現することが大切です。「人生を語ろう」などと力まないこと。

でき合いの言葉、気取った言葉は要注意

木曽路《きそじ》にて歴史も古《ふ》りし里神楽《さとかぐら》
秋うらら石舞台ある古都飛鳥《ことあすか》

一見、上手そうな句ですか？　でも、「木曽路」とか、「古都飛鳥」とか、よく車内の吊り広告や駅の観光ポスターで見かける言葉ではありませんか。こういう言葉を聞いただけで、美しい観光風景が目に浮かび、それらしい雰囲気の俳句になったような錯覚を起こしやすいのです。

俳句は立派そうに、きれいそうに作るのではなく、まず自分のために作るのです。こういったでき上がっている他人の言葉、宣伝広告のために使い古され、手垢のついた言葉を使っていては、自分の感性が出てきません。

言葉を洗い直す

「木曽路にて」⇒「木曽に来て」
「古都飛鳥」⇒「飛鳥かな」

こうすると自分が今そこにいるということが伝わるので、広告や観光ポスターの言葉のようにはなりません。

でき合いの言葉を一度洗い直して、もともとの素直な言葉に戻してから使いましょう。

そういう意味からいえば、「歴史も古りし」というのも使い古された言い回しだということがわかっていただけるでしょう。

また、最近はやりの「道の駅」「語り部《べ》」「古民家《こみんか》」などの言葉を使うのも、月並な句になりやすいので、注意したいところです。

コツ3

「写生」をする

まずは対象をよく見る

俳句は、頭でこねくり回さずに目で見て作ることが大切です。たとえば、これらの句を読んでください。

赤い椿白い椿と落ちにけり　河東碧梧桐《かわひがしへきごとう》

椿の花がぽたぽたと落ちています。きれいだなあ、と足を止めたのでしょう。よく見ると、白い椿も落ちているではありませんか。作者はさっそくに「赤い椿、白い椿」と書きとめました。あたりには、木立とか庭石とか、墓とかさまざまなものが見えているはずです。そういうすべてのものを消し去り、ただ赤と白の色に絞って、椿のさまがぱっと目に浮かぶ名句が生まれました。対象をずばりとつかみとる「写生」の大切さを教えてくれます。

砂色の土用波たち野島崎　齋藤梨菜《りな》

夏の昼、荒い土用波が立っています。よく見ると、浜の砂を巻き込んで土用波は砂色をしています。遠く台風が来ているのでしょうか。暗い砂の色に不安な気分が漂ってくる写生の景なのです。

白牡丹《はくぼたん》といふといへども紅《こう》ほのか　高浜虚子

この句も実によく見ています。こうしてみると、「よく見る」ということは、見ているものが好きでないとできないのだ、という感じがします。そのものが、虫が、花が、動物が、人間が、好きだから好奇心をはたらかせ、興味を持って見ることができるのです。嫌いなものをついつい見てしまうのも、もとは同じです。嫌いであっても、好奇心がはたらけばよく見るわけです。無関心の目には何も映ってきません。

好奇心をはたらかせ、興味を持ってよく見るのは、やはり生きて

写生でものをつかみとる心構え

①ものを見る感覚がみずみずしいこと
教養や知識の多さではなく、子どものように素直に驚く心を持つ。

②そのものがこれまでどう見られてきたかを知ること
伝統的・歴史的にどう認識され、どう表現されてきたかも参考にする。

③そのものをいとおしむこと
嫌ったり茶化したりするだけでは、ものの本質をつかみとれない。

「写生する」とは心で見ること

目で見て事物をありのままに詠むことを、正岡子規は「写生」と名づけました。写生というのはもともと、西洋絵画の技法の一つですが、子規がこの言葉を俳句に当てはめて使ったのです。

この考え方は、「ただ目に映ったさまをカメラで写すように写すのだ」というふうに解釈されたために、さまざまな論議を呼びました。けれど、人間の目は機械ではなく、目はすなわち人間の心です。目で見て作る、ということは、頭で理屈をこねずに、ものの本質を感じたとおりに表現することです。

写生は単に対象をなぞることではありません。外から見ることのできないものの内面、「たましい」を見つけ、それを表現することなのです。でも、「たましい」は簡単に取り出せるものではありません。ですから写生を志すなら、まずそのものの現実感をひたすら詠みましょう。目に見える世界を通らなければ、目に見えない「たましい」のところまで入っていくことはできないからです。

「ありのままに写す」のは、
すべての基本。
俳句ビギナーのうちから
身につけていきましょう

いることすべてをおもしろがっているからだといえるでしょう。

俳句を作ることは、ひょっとしたら、生きることをおもしろがることに通じているのかもしれませんね。

一つ根に離れ浮く葉や春の水　高浜虚子

池か沼の水の上の、向こうのほうとこちらのほうとに小さな水草の葉が二つ浮いている。じっと眺めていたら、その葉は一つの根から出た長い長い茎の先についているのだった。それを知ったときは、「小さな驚きと喜びとを感ぜずには居られなかった」と作者は述べています。ああそうなんだ、という作者の声も聞こえてくるような気がしますね。自然を凝視して新しい句を得ようとする写生の代表的な句です。

俳句は理屈ではないのだ、ということはこういう句を読めばよくわかるでしょう。「離れたところの葉が根でつながっていて、それで、それは何を象徴しているの？　何を暗示しているの？」という疑問のある人には、「なにも」と答えるほかありません。この句は、ただ、ひたすらに水草をよく見て、状態を

興味を持って対象を見る

ワン！ポイント

俳句を作るためには、見ているものに興味を持ち、おもしろがることが大切。たとえそれが嫌いなものでも、好奇心をはたらかせるといろいろなものが見えてきます。

表現しただけなのです。だれにでもよくわかりながら、独自の表現になっているところがすごいのです。

よく聞いて、嗅いで、味わって、さわって

「見ること」の次に大切なのは、耳、鼻、舌、肌などの感覚です。音、味、匂いや手ざわり、肌ざわりなどといった感覚をせいいっぱい生かして表現しましょう。

たとえば、「耳を生かした」のはこんな句です。

昼告げて湯の町小唄つつじ山　野風さやか

土佐もんは皆声太し夏の市　田村乙女

寝入るまでがさごそしたる余寒かな　桜《さくら》庭《ば》門《もん》九《く》

「鼻を生かした句」はこんな句です。

枸杞《くこ》ひとつ食ふやかすかに薬臭《くすりくさ》　高橋晴日《はるひ》

春暁《しゅんぎょう》や雨戸に雨の匂ひして　くにのぶ筍《しゅん》

「舌の感覚」の表現は庶民的なおもしろい句になることがあります。

百円の氷あづきの甘さかな　如月真菜《きさらぎまな》

地下鉄の熱風上がるかき氷　白井薔薇《そうび》

煮凝りのざらりと舌にさはりけり　根本葉音

「触覚」の句もあります。

おつぱいのひんやりとして涅槃雪《ねはんゆき》　古川くるみ

糠床《ぬかどこ》のひやりと秋の来てをりぬ　井上明未《あきみ》

女湯に砂のざらつく盛夏かな　髙木恵子

冷たい肌の感じや、冷えた糠床、砂のざらつきなどの肌ざわりが表現されています。

写生が利いている句

古来、名句とされてきた句の多くは、多かれ少なかれ写生の目が利いていますが、そんな大げさな例でなく、身近な句で見ていきましょう。

羊雲退《の》けば出てきて昼の月　黒木千草《ちぐさ》

空一面に浮かんでいた羊雲が退いていったら、そこに昼の月が浮かんでいたのです。なんでもないことのようですが、じっと空の様子を写生しなければできない句です。

ぐいと割り稲架《はざ》に掛けるや稲の束　赤津遊々《ゆうゆう》

写生の対象は、木や草や鳥ばかりとは限らないという実証のような句です。

刈り取った稲の束を何段にもなった稲架に掛けるとき、束をぐいと割ります。その感じが伝わってきます。

天空の湯に月光の一直線　泉 竹馬《たけうま》

宿の高い階にある「天空の湯」という名の湯でしょう。一直線に月光がさしているのは、作者の裸です。

日かげりてあるかなきかと春灯《はるともし》　飯田閃朴《せんぼく》

春の日が落ちて、薄闇が寄せるころ。部屋の灯りがぼんやりと見えます。

金玉糖《きんぎょくとう》桃色の餡《あん》あからさま　小川春休《しゅんきゅう》

「金玉糖」は夏の冷たく透きとおった生菓子です。中に桃色に染めた餡が見えるのですが、これ以上ない簡潔な「あからさま」という言い方をしています。

平らかに梨の花咲き梨畑　坂谷小萩《こはぎ》

そんなこと梨畑なら当たり前なのですが、この「平らか」に大きく納得させられます。

水草のその上の水澄みにけり 石川 妙

山の小流れでしょうか。水底の水草はぎっしり茂ってたゆたっている。その上を通りゆく水はどこまでも澄み渡り、くっきり秋の感じなのです。

このように、よく見てそれを的確に表現する言葉を探すことも、写生俳句のポイントになります。つまり写生とは、言葉の選び方でもあるのです。

見たものをすぐ書きとめる

俳句を作るときは、できるだけ、たった今のこと、今日のこと、現在のことを詠むようにしましょう。

なにか一句ひねり出さなくてはと思うと、どうしても頭は昔のことに向かいがちです。

あの頃の貧しき暮し一葉忌《いちようき》
亡き夫《つま》と通ひし径《みち》やこぼれ萩

これらの句のように、たまには昔に対する切実な思いを書き残しておきたいこともあるでしょう。でも、人の生き方が昔のことばかり言っているのではおもしろくないように、俳句もまた、今をいきいきと生きていることを詠むほうが、ずっとおもしろいに決まっています。現在のこと、今日のことを自分の言葉で表現しましょう。

今日あったことを今日日記に書くように、今日を生きたというぬくもりが消えないうちに書きとめなくてはなりません。欲をいえば、日記のように一日の終わりに書きとめるのではなくて、絶えず句帖（P.65参照）を持ち歩いて、なにか心に感じることがあったらすぐに書きとめてほしいのです。

このことを芭蕉は「物の見えたる光、いまだ心に消えざる中《うち》にいひとむべし」と言いました。「ものの本質が光のように心に刻みつけられたら、その印象が

写真ではなく言葉にして残す

ワン！ポイント

心に残る風景があったとき、写真を撮ってあとで俳句を考えるのではなく、そのときの思いを必ず言葉にしておきましょう。句帖が手元にないときは、スマホのメモ機能などを使っても。

消えないうちに句作すべきである」ということなのです。

　そうしないと、自然な形で句にならないで、夜、寝る前に布団の中であれこれ頭でこねくり回して句を作ることになってしまうのです。そして結局、材料がなくて昔のことを持ち出したりしてしまうのです。


　ものを見てすぐ作る習慣をつけていると、俳句が作れなくて困ることがなくなります。あたりを見回してすぐ作り、今、目に見えるその季節の季語をつければよいのです。

　どんな季語をつけたらよいのか迷うときは歳時記を開いて、当季《とうき》（今の季節の季語）の中で、合うものを探します。

　俳句をやっていると、本当に季節の移ろいがいかに早いものか痛感するでしょう。そのかわり、毎日の生活に退屈するなどということはなくなります。

　人間も自然の一部で、季節とともにどんどん移り変わり、過ぎ去るのがよくわかります。だから、一日一日を、自分のいのちを大切にしたいという気持ちになるのでしょう。

蚕豆やまずは莢《さや》ごと炙《あぶ》り焼き　コスモメルモ

がやがやと梅見の客やみな降りて　はらてふ古

仕出屋も介護車も来て寺の秋　大越マンネ

日々のこと日々書きとめて初蝶来《はつちょうく》　辻　桃子

お互いのぼけは見ぬふり秋の星　井ケ田杞夏《こなつ》

コツ4

できるだけ具体的に表現する

名詞を使う・その1

下五を体言止めに

名詞できっちり止める

俳句には、形容詞（美しい、さびしい、すばらしい）や、副詞（きちんと、いよいよ、かなり、少し、きっと、もしも）などの語より、名詞のほうが似合います。

それは、五・七・五と字数が限られているので、余分な飾り、修飾する語をとり入れている余裕がないからですが、あれこれ回り道をせずに結果だけをずばりと言い切ることが俳句の型式に合っているせいです。名詞が多いほうが内容が具体的になって、作者の言いたいことが伝わりやすくなります。無駄を避けられ、鮮烈で強い印象の句にもなります。

同じことから、動詞（走る、泣く、運ぶ）も多用しないほうが句のポイントがはっきりします。そのため、動詞は一句に一つだけにするのがよいといわれています。

これは、五・七・五・七・七の短歌から七・七が取れたときからの、この極端に短い、俳句という型の本質なのにちがいありません。

名詞を効果的に使った句にはいろいろありますが、まずいちばん大切なのは体言止め（名詞止め）の型の句です。下五を名詞にする体言止めはすわりがよく、安定して、句がしっかり決まったという感じがします。はじめのうちから、この型はぜひ身につけていきましょう。

ひたひたと寒九《かんく》の水や厨甕《くりやがめ》　飯田蛇笏

掃初《はきぞめ》や笹を残せし竹箒《たけぼうき》　板藤くぢら

濁流は日本海へ月見草　ますぶち椿子《つばきこ》

さらに、上五を切れ字「や」で切り（「や切れ」）、下五を体言止めにしてみると、句の型はより無駄なく、格調のあるしっかりしたものになります。

霜降《そうこう》や立方体の鯨肉《くじらにく》　辻　桃子
待宵《まつよい》や女主《おんなあるじ》に女客　与謝《よさ》蕪村《ぶそん》
名月や畳の上に松の影　宝井其角《きかく》
岩端《いわはな》や爰《ここ》にもひとり月の客　向井去来《きょらい》
はるさめやぬけ出たままの夜着《よぎ》の穴　内藤丈草《じょうそう》
鶯《うぐいす》や下駄の歯につく小田《おだ》の土　野沢凡兆《ぼんちょう》

其角、去来、丈草、凡兆の四人の俳人は、江戸時代の芭蕉の弟子たちです。これら名詞を多用した句というのは簡潔で強い印象を与え、いつまでたっても古びないものです。

●去来の句

「名月に興じて逍遥《しょうよう》していると、岩端のあたりに、ひとり風狂にも浮かれ出た月見の客がいましたよ」の句意。

●丈草の句

「春雨が降りつづいている。夜着から起き出してみると、すっぽりと体の嵩《かさ》だけ穴のようにあいている」という情景で、おかしみがあります。

●凡兆の句

「雪解けの田の畦道を歩いたら、下駄の歯に泥がついた。折しも、鶯の声」という句。早春の気分がよく出ている。

名詞を使う・その2

数字を使う

手っとり早くイメージが伝わる

短歌は長いので嫋々《じょうじょう》たる思いをつづることができます。俳句は短いので、できうる限り具体的に言わなくては読者に伝わりません。数字は最も具体的に手っとり早くイメージを伝えるのに便利です。
数字の生きている句を見てください。

ゆらぎ見ゆ百の椿が三百に　高浜虚子

鳥羽殿へ五六騎いそぐ野分かな　与謝蕪村

正一位《しょういちい》稲荷大明神一《いち》の午《うま》　清水泰丞《たいじょう》

鳰《にお》五つ五つの澪《みお》を広げけり　山口珊瑚《さんご》

稲妻の三度走るや三度見て　依《よ》田《だ》小《しょう》

第九歌ふ三百人のマスクかな　遠藤里鶴《りづ》

二升餅搗《つ》いて丸めて七十個　岩澤惇子《あつこ》

五五か二八かと言ひ麦の飯　今泉如雲《いまいずみじょうん》

四十俵《しじっぴょう》新米積むや土間明り　太田梓《あづさ》

それぞれにその数以上でも以下でもなく動かしようのない表現です。

名詞を使う・その3

固有名詞を使う

そのものの持つイメージを喚起する

地名や人名も、短い中でイメージを膨らませるのに役立ち、上手に使うと意外なおもしろさを発揮します。どんな場所か、どんな人物か、読み手に与える印象を考えて使いましょう。

北上川《きたかみ》の太き濁《にご》りや余花《よか》の頃　安部元気

初夏、雨上がりの濁りを太々とたたえた川が滔々《とうとう》と流れています。岸辺には春に遅れて咲く桜がちらほら。どこの川でも見られる光景ですが、義経も西行も芭蕉も見た大河、石川啄木《たくぼく》も思いを込めて詠んだ北国の川というイメージが、一句の奥行きを深めます。

土佐一の女と呼ばれ鷹渡《たかわた》る　辻 桃子

高知の友人を悼む句です。はちきん（女丈夫）と呼ばれた気風《きっぷ》のよい女性で、和服と庇髪《ひさしがみ》が似合う人でした。「土佐」という古い地名が効き、「鷹渡る」という季語が遥かな思いをかき立てます。

野蒜《のびる》引く人首丸《ひとかべまる》はここで果て　北柳あぶみ

婆は「いと」子は「結衣《ゆい》」といふ雛の宿　中島鳥巣《とりす》

この二句はそれぞれ、「人首丸」「いと」「結衣」と具体的な人の名前が一句の背景への読みを大きく広げています。

浜田庄司《はまだしょうじ》旧居の巨《おお》き冷蔵庫　辻　桃子

この句に対しては俳人の永田耕衣《こうい》さんが、『巨き冷蔵庫』に陶芸家・浜田庄司の巨体を思い出します」とおっしゃってくださいました。

韃靼《だったん》の裔《すえ》の横綱真葛《さねかづら》　牧島りょう

傘雨忌《さんうき》や三田はよき町古き町　澤田佐和《さわ》

「韃靼」は現在のモンゴルあたりのことで、モンゴル出身の横綱は何人もいます。「傘雨忌」は、三田にある慶応大学出身の作家で劇作家の久保田万太郎の忌日です。よく知られている人物や土地なら、名前だけでだれでもわかり、共通のイメージがわきます。だれも知らない人の名前や地名では、普遍性がなく共感がとぼしくなってしまいます。

柿食へば鐘が鳴るなり法隆寺《ほうりゅうじ》　正岡子規

金鶏山《きんけいさん》より毛越寺《もうつうじ》へ秋の水　辻 桃子

寺の名の場合もそうです。だれでも知っていて、しかもその寺の名が内容のイメージに合ったときに一句は生きてくるのです。それはそのほかのどんな地名も同じです。

いういうと差羽《さしば》渡るや長良川《ながらがわ》　番匠《ばんしょう》冬彦

月の出に間のある琵琶湖ホテルに居《い》　夏秋明子《なつあきあきこ》

祖谷渓《いやだに》を一路南へ初鰹　三井ひさし

桃の名の川中島《かわなかじま》と強さうな　石郷岡芽里《いしごうおかめり》

安野光雅《みつまさ》の旅の絵本や秋うらら　　齊藤樹里《じゅり》

安野光雅さんの『旅の絵本』シリーズは、とても楽しい名著です。

玄海の沖津宮《おきつぐう》より卯波かな　　小林タロー

「沖津宮」は、三人の女神を祠る福岡・宗像《むなかた》大社のお宮の一つで、はるか沖合の玄界灘の孤島沖ノ島に鎮座します。そこから海の波が寄せてくる雄大な景が浮かびます。

コツ5

比喩、リフレイン、擬音語、擬態語を使う

月並・陳腐な比喩に気をつける

比喩《ひゆ》とは、あるものを別のものにたとえる表現技法で、詩の表現にはよく使われます。比喩には、「～のごとし」「～のようだ」という言葉を使ってたとえる「直喩《ちょくゆ》」と、それを使わない「暗喩《あんゆ》」とがあります。けれど、このような「～のごとし」「～のようだ」という句は案外、手軽にできてしまうもので、悪くすると、常識の範囲を出ない月並《つきなみ》な表現になりやすいものです。
たとえば、この句を見てください。

黄水仙《きずいせん》ラッパを吹いているごとく
細々と糸のようなり春の雨

「黄水仙」が「ラッパ」のようだ、とか、「春の雨」が「細い糸のよう」に降るというような直喩は、ありきたりです。また、

春風や柔肌《やわはだ》ほどのやさしさよ

青天に燃え上がるごとカンナの緋《ひ》

頬をなでる春風のやさしさを詠むのに「柔肌」、梅の濃い紅色をたとえるのに「燃える」では、やはり陳腐です。

太宰忌《だざいき》の恐れるごとき豹の声

という、まるで「怒ったようだ」という獣の声の形容。あるいは、

花冷《はなびえ》の死んでるように眠る犬

にある、「死んでるように」眠っている犬という表現。また、

樹の枝は影絵のごとく夕日かな

思うよりむずかしい比喩表現

比喩は一見おもしろく思え、多用する俳句ビギナーさんもいます。でも、安易な比喩は陳腐な俳句のもと！　比喩を生かしていい句を作るのは、思っているよりむずかしいと心しましょう。

の、「影絵」のような木の枝など、いずれも言い古されています。

比喩の欠点は、発想が類型的になり、ものにたくして安易に感情移入しがちだということです。

発想が大胆で斬新な比喩は魅力的

冷酒酌み汝《な》は蛾の如く美しと　東《ひがし》あふひ

この句の「如く」、これが比喩です。「あなたは蛾のように美しいですね」と口説かれたのだ。なぜ「蝶」でないの?と作者。人によっては蝶よりも蛾のほうが好きな人もいるのです。思いがけない斬新な比喩にハッとさせられます。

比喩は発想が単純で大胆で意外性があるときに成功します。


冬雲や野原のやうに広がりて　斎藤月子

薔薇咲くや風来のごと息子来て　倉持万千《まち》

空の冬雲がまるで野原のようだとか、息子が風来坊のように来たなど、それぞれみずみずしい発想ですね。

寒鰤《かんぶり》の薄情さうな鱗《うろこ》かな たなか迪子《みちこ》

アラジンの挿絵あやしや雲の峰 中村ただし

先生の白樺《しらかば》色の夏帽子 松本てふこ

鰤起《ぶりおこ》し海に鋼《はがね》の音すなり 板藤くぢら

どことなく祖母似で御座《おわ》し扇風機 如月真菜

など、新鮮で意外性のある比喩は、大きな力を発揮します。

「擬人化」「見立て」はできるだけ避ける

「擬人化《ぎじんか》」「見立《みた》て」は俳句の技法の一つで、その典型は動植物や景色を人間に見立てるやり方です。初心者のころの句には次のような例がよく見られます。

夏柳葉先は川の水を飲み

垂れている柳の葉先が水にふれている景色ですが、こうしたやり方はともすると幼稚になりやすいという欠点があります。〈夏柳葉先の届く川の水〉などと、客観的に言ったほうがいいのです。

捨てられて鎌首《かまくび》あげし花大根

捨ててある大根に花茎が立っている、というだけで俳句は成立します。その情景を美しいと読むか、あわれと読むか、もっと別の感想を抱くかは読み手にまかせます。しかし、この句だと、大根が「捨てられて」怒って「鎌首をあげた」と、理屈で説明しています。擬人化せず、〈捨ててある花大根の茎立てる〉のほうがいいですね。

願いごとつけて七夕竹おじぎ

短冊や飾り物がびっしりとつき、重そうにしなっている情景ですが、願いご

子どもっぽい擬人化表現を使わない

「虫のコーラス」「噴水が踊っている」といった表現もよく目にしませんか？　だれもが思いつくそんな擬人化を使ってしまうと、幼稚な印象の句になります。

との短冊を下げているから、頭を下げたり、おじぎをしたりしているという見立ては月並で、幼稚です。おじぎではなく、客観的に見て、ただ垂れているだけなのですから。

〈願いごとつけし七夕竹垂るる〉これがまず出発点。「七夕竹」といえば、「願いごと」の短冊が下がっているものですから、「願いごとつけし」も省けます。そのうえで、さあ、どんなふうに垂れているか、いかに重そうかを、客観的な言葉で表現していってください。

芒《すすき》の穂風に吹かれてバイバイと
いっせいに芒の白き手がなびく

これも「芒」を「手」に見立てていて、月並ですね。

赤ちゃんの小さきお手々は紅葉の葉

というのも、よくある見立ての発想です。安易な見立てに要注意！

リフレインを生かす

一句の中に繰り返し（リフレイン）の部分があると、そこに楽しいリズムが生まれます。口に出して読んでみるとリズムが味わえます。

彼一語《かれいちご》我一語《われいちご》秋深《あきふか》みかも　　高浜虚子

秋の深みゆく庭を見ながら対座して話をしているのです。二人はどちらも寡黙な人なのでしょう。彼がひとこと言えば、自分もそれに答えてひとこと、ぽつりぽつりと言葉を交わしているのです。いかにも二人の長いつき合いを思わせ、秋の深まりが伝わってきます。

茶を飲んで油を売って涼みけり　　うな浅黄《あさぎ》

「茶を」「油を」と、「飲んで」「売って」という二重のリフレインが生きている句です。そうしながら、夏の暑さをしのいでいるという季語も効いています。

父の鎌父の帽子に父の汗　　中島鳥巣

「父」を繰り返し、なつかしさを強調しています。

このように、リズムのあるところは一句のポイントでもあるのです。初心者のリフレインの句は、五・七・五の音数が足りない場合になど、ごまかしに使ったりします。けれど、本当にリフレインが生きるのは、内容とリズムがぴったり合ったときだけなのです。

ふうせんの中にふうせん作る人　　堀切玄蕃《げんば》
枝の蛇舌ぺろぺろとするすると　　唐木トム
一対の百日紅《さるすべり》白百紅《しろさるすべり》　　今泉如雲

動詞や、形容詞、副詞のリフレインもおもしろくなります。はじめはむずかしいのですが、やってみたいですね。

菜の花や月は東に日は西に　与謝蕪村

生きかはり死にかはりして打つ田かな　村上鬼城

ふはふは生きふはと寝て月涼し　たなか迪子

日光吸つて月光吸つてはうき草　しみず屯《とん》児《じ》

すいと寄りすつと去《い》にしよ銀やんま　田代草猫《そうびょう》

男坂女坂にも菊の客　持主次郎

時雨忌《しぐれき》や昨日しぐれて今日晴れて　石井鐐《りょう》二《じ》

子ら来ては甘茶甘しと山の寺　増田真麻

擬音語を効果的に

俳句は省略を利かせ、読み手の想像力が羽ばたく余地を残す文芸ですから、擬音《ぎおん》語を使うなどして、言い過ぎ、説明し過ぎを避けようとします。しかし、擬音語は平凡な表現になりがちです。新鮮な句にする方法を考えましょう。

たとえば「青蛙《あおがえる》」と言えば、だれでもその鳴き方は知っていますね。ですから、「青蛙ケロケロケロケロと鳴きにけり」では当たり前です。

ひくひくと冷たきものよ青蛙　はらてふ古

この句は蛙の息の仕方や体の冷たさを、「ひくひく」という音でとらえて、新しい「青蛙」の句になっています。

また、高浜虚子の「音」の句には、

人病むやひたと来て鳴く壁の蟬

鶏の空時《そらどき》つくる野分《のわき》かな

せはしげに叩く木魚や雪の声

などがあります。句からさまざまな「音」が聞こえます。だから、それぞれの

自分ならではのオノマトペを

擬音語や擬態語のことを「オノマトペ」といい、日本語にはたくさんの種類があります。しかし、深く考えずに使うと凡庸な句になってしまうことも。自分なりのオノマトペを考えるのも、俳句ならではの楽しみです。

句に「ミンミン」だの「コケコッコウ」「ポクポク」などの擬音語を入れたら、かえってぶちこわしだということもわかりますね。つまり擬音語を生かして、よい句を作るのは、そうとうむずかしい技なのだ、ということを最初に知っておきましょう。

だからといって擬音語の句に挑戦することをあきらめることはありません。すばらしい擬音語の句も数多くあります。

すぐれた擬音語の句

擬音語の名句として具体的な例を見ていきましょう。

チチポポと鼓《つづみ》打たうよ花月夜《はなづきよ》　松本たかし

「花月夜」は咲き満ちた桜を明るく照らす月夜のこと。たゆたうような春の気分のあふれる夜、趣味の鼓を打とうと言うのです。鼓の音は「ぽんぽん」というのが一般的でしょうが、作者はそれを「チチポポ」と表現しました。慣れ親しんだ鼓を、楽しげにのんびりと打つ様子が伝わってきます。

あなたうと茶もだぶだぶと十夜《じゅうや》かな

与謝蕪村

「十夜」は浄土宗の寺で旧暦十月五日から十五日まで十夜にわたって行われる念仏法要のことです。田舎へ行くと、いまでもお婆さんたちがごちそうを持って籠り堂に集まり、念仏している場面に出くわします。「あなたうと」は「あな尊と」で、ありがたいことだ、という意味です。「だぶだぶ」は大きなやかんか土瓶から、なみなみと注がれるお茶の音で、たっぷりといれられるお茶もありがたいことだという句。「だぶだぶ」は夜を徹して続く「なまんだぶ、なまんだぶ」のお念仏の声とも響き合って、句の趣を高めています。

姉ひとりべしよべしよ泣くよ冬の廊《ろう》

安部元気

母親が亡くなった夜の病院の廊下で、晩年を看取った姉が泣いている光景です。「泣きべそ」とはいいますが、人の泣く様子を「べしよべしよ」とはいわないので、これは作者の造語です。むやみに造語を使うとわかりにくく、気持ちが伝わりませんが、これは「びしょびしょ」と「べそ」の合わさった感じとしてわかります。

ぢぢと鳴く蟬草にある夕立かな　高浜虚子

ジイーッ、ジイーッと木の幹に鳴いていた蟬に激しい夕立。声がぢぢぢぢぢぢ……と急調子に変わり、草むらに飛んでいって「ぢぢ」と鳴きやんだ。そんな光景をありありと想像させる句です。

白扇《はくせん》をぱちと鳴らして立ちにけり　富樫風花《とがしふうか》

ぱちっと高い音をたてて扇を閉じ、おもむろに立ったという句。説明はありませんが、読み手は、男性か女性か、和服か洋服か、座敷か舞台か床几《しょうぎ》か、話はついたのか決裂したのか、などさまざまに想像して読むことができます。「ぱち」という扇子の音だけがあざやかに耳に残ります。

ワン!ポイント

臨場感の増す擬音語選びを

擬音語の使用がうまくいくと、その場の状況が浮かんでくるようなおもしろい句になります。臨場感を意識して、ぴったりの言葉を考えましょう。

豆菓子をぼりぱりぼりと紅葉狩

小川春休

美しい紅葉の山々を見ながら、紅葉狩に来た仲間と豆菓子を食べています。「ぼりぼり」は何の豆?　「ぱりぱり」は?　いろいろな豆というのがわかります。

擬態語を使ってみよう

芭蕉、蕪村、一茶などは、擬態《ぎたい》語を用いた名句を多く作っています。

梅が香にのつと日の出る山路かな

松尾芭蕉

早立ちの旅です。まだ明けぬ山道を行くと、どこからか梅の香が漂ってくる、と思ったら、「のつと」日がのぼったという句です。「のっと」は「ぬっと」と「のっそり」の語感をあわせ持った擬態語で、突然の日の出に驚く気持ちを巧みに言い表しています。

むまさうな雪がふうはりふはりかな　小林一茶《いっさ》

「むまさうな」は「うまそうな」のこと。大きな雪片がふわりふわりと舞うのを見て、「おや、うまそうだ」と思ったのです。旧仮名（P.132参照）の「ふうはり」が、いかにも軽そうな感じを伝えています。

によつぽりと秋の空なる不尽《ふじ》の山　上島鬼貫《うえじまおにつら》

晴れ上がった秋空に、富士山がその秀麗な姿を見せてそびえ立っている様子を詠んだ句。「によつぽり」という造語の擬態語は、「にょっきり」という高さ、「ぽつり」という独立峰の孤高さの語感とともに、「しっぽり」といった山肌の質感まで感じさせるのです。

春の海終日《ひねもす》のたりのたりかな　与謝蕪村

よく知られた句ですね。一日中、寄せては返す春の波が、生きもののようにうねっています。

以上は江戸時代の句ですから、「のっと」「によつぽり」などは現代とは少し違う感覚かもしれません。もう少し新しい時代の句では、

大根を水くしやくしやにして洗ふ

高浜虚子

家の裏の小川や門川で、漬物などにする大根を洗っている光景です。「くしやくしや」は紙や衣類、髪の毛などを丸めたり、乱暴に扱ったりする形容ですが、それを水に使ったことで、水にざぶざぶと大根をひたし、たわしでごしごしと洗っている感じが出ています。

よろよろと棹《さお》がのぼりて柿挟む

高浜虚子

柿をもぐには、枝を挟んで折り取れるように先を割った棹を使います。その棹がゆっくりと柿に向かって伸びていく。「よろよろ」という擬態語から、長い棹の先がふらふらとたよりなく揺れている様子が見えてきます。

ひらひらと月光降りぬ貝割菜《かいわりな》

川端茅舎

「ひらひら」は、月光が降りそそぐ形容ですが、それを受けた貝割菜も、ひらひらとゆらめき光って見えるのでしょう。つやのある貝割菜の小さな葉が、まるで月光の愛撫を受けているようです。

ひゆるひゆると毛虫の下りてくるところ　うな浅黄

目の前に下りてくる毛虫の白い毛がなびくようで、作者にはまるで「ひゆるひゆる」と音を立てているように感じられたのです。

八朔《はっさく》や肝吸《きもすい》の肝すいと飲み　小林タロー

草取るや種ぷちぷちと顔を打ち　石郷岡芽里

よよよよと鴉《からす》踏んばり初嵐　中《なか》小雪《こゆき》

どれも日常会話でふつうに登場する擬態語ですが、こまやかな描写にぴったりの、実にうまい使い方をしています。

今の感覚での擬態語使いを

時代によって、擬態語の感覚も少し変わってきます。昔と今の比較もおもしろいものです。今の自分らしい言葉を使い、擬態語の俳句にも挑戦してみましょう！

コツ6

「即き過ぎ」を避ける

季語の本意とは

俳句ではよく「即《つ》き過《す》ぎ」ということがいわれます。どんなことか説明しましょう。

たとえばこの句を見てください。

春となりたのしき風の吹いてくる

この作者が、春となって心もはずみ、楽しい風が吹いてくると感じたのはよくわかります。けれど26ページの「季語のはたらき」のところで話したように、「春風」という季語には、すでに「春になってうららと心楽しく吹く風」という意味が込められているのです。その本意《ほんい》があるのに、改めて「たのしき」というのは蛇足です。

秋めくや淋《さび》しき風とおもわれし

という句も同じく、「秋めくや」の一言で「淋しき〜おもわれし」は伝わるので、言わずに事足ります。この蛇足の部分が即き過ぎです。

また、この句を見てください。

落蝉《おちぜみ》やわが死方《しにかた》を思ふなり

「落蝉」を見て、自分の死に方はいったいどんなであろうかと思ったという句意です。

句としてはとくに悪いところがあるわけではないのですが、「落蝉」は秋になって命が尽きて落ちた蝉のことなので、当然死を思わせるものです。そういうものを見て、わが死を思うというのでは、イメージに広がりがありません。即き過ぎです。

古来、「秋の蝉」の句といえばさまざまに「死」が詠まれてきました。だか

ワン!ポイント

季語の本意

「春」といえば「楽しい」、「秋」といえば「さびしい」と感じるのを、「季語の本意」といいます（P.33、142参照）。この本意の中にあり、「言わずもがな」のことを言うのが「即き過ぎ」で、俳句で避けるべきこととされます。

らこそ、あとからゆく私たちは、そこにほんのちょっとした新しさをつけ加えてゆかねばならないのです。もしこの句を少し新しいほうに向けようとするなら、

蟬時雨《せみしぐれ》わが死方を思ふなり

と、「落蟬」という「死」を表すものでなく、いずれ死ぬにしても、今まだせいいっぱい元気に鳴いている蟬のほうを詠んでみたらどうでしょう。

季語を説明しない

「季語を説明しない」とは、ひと言でいえば「〜だから」とか「〜なのに」でつながるような季語の使い方はしないようにすることです。

次の例句を見てください（赤字が季語。季節はすべて冬）。

①十二月**借りたる本を読み急ぐ**
②**義理ひとついまだ果せず**年つまる
③**雑用に追ひまくられて**年惜しむ

ちょっとだけの「ずらし」で新鮮に

従来の季語の使われ方から、ちょっとだけイメージをずらす。これが俳句を新しく、みずみずしくするコツです。季語の使い方にも意識的になりましょう。

④雪隠《せっちん》を掃除してをり年用意
⑤数へ日や肉塊満つる冷凍庫
⑥短日や伐《き》りたる枝を束ねずば

どの句にも季語が入っていますが、全部「〜だから」「〜なのに」という説明的な季語の使い方です。どう説明的なのか、解説します。

①十二月だから（年内に返さねばならない）借りた本を読み急ぐ。
②まだ義理が果たせないのに、もう年が押し詰まってしまった。
③年末だから、雑用に追いまくられつつ年を惜しんでいる。
④年用意（正月を迎える準備）だから、雪隠（トイレ）掃除をする。
⑤数へ日（正月まであと何日と迫った）だから、冷凍庫がいっぱい。
⑥日が短いから（暗くなるから）、伐った枝を早く束ねなくては。

どの句も本意に忠実といえば忠実なのですが、言わずもがな、ということもわかるでしょう。これが即き過ぎです。

即き過ぎを避ける・その1

家の中と外をドッキング

句の世界を広げる

即き過ぎを避けるための方法を挙げてみましょう。たとえば、句の内容で家の中のことを言うなら、季節のほうは、あえて窓や縁側、ベランダの向こうなど外に目をやって、そこに見えるものを表す季語をつけるといったことです。「家の中」と「家の外」をドッキングさせれば、新しく広々した世界が見えてきます。

110～111ページの例句①③④の季語を、たとえばこう変えてみました。

①十二月借りたる本を読み急ぐ
→山眠る借りたる本を読み急ぐ

「山眠る」は、草木が枯れ、動物の気配もない冬の山をさす季語です。借りた本に読みふけって、ふと目を外にやると、そこにはさびしい冬の山の景色が広

イメージが広がる内外対比を

上の①の句は、「山」が外、「本」が内、左ページの③の句は「山（雪）」が外、「雑用」が内にあたります。外の寒さと家の中のあたたかさなど、内外の対比で広がりが出ます。

がっている、という句になります。どんな場所で、だれが読んでいるのだろう、と想像が広がります。

③雑用に追ひまくられて年惜しむ
→雑用に追ひまくられて山に雪

あれこれ家事に追いまくられているとき、ふっと手を休めて、窓の外に目をやると、遠くの山に雪が来ていた。「ああ、もうそんな季節なんだ」と感じる、そんな句になります。

④雪隠を掃除してをり年用意
→雪隠を掃除してをり石蕗《つわ》の花

トイレ掃除をしながら、庭が見えた。そこに黄色の石蕗《つわぶき》の花が咲いていたのです。石蕗の花は、草木が枯れた庭や野原でよく目立ちます。冬の日を浴びているその姿に、一瞬ふっと心が吸い寄せられたように読めます。

世界・想像力を広げる

映像で、画面の範囲を変える撮影技法がありますが、俳句でもその手法を使うと、外から内へ、あるいは内から外へ世界が広がり、想像力も広がる効果があります。

こんな句があります。

白菜の煮えとろけるや鍋の中

白菜が煮えるのは鍋の中以外にはなく、「鍋の中」は蛇足です。そこで、

白菜の煮えとろけるや虎落笛《もがりぶえ》

としたらどうでしょう。虎落笛は、冷たい北風が生垣や電線に吹きつけ、ピュ ーピューと鳴るさまを表す冬の季語。家の中では白菜が煮え、窓ガラスも湯気にくもっています。外では虎落笛が鳴っている。そんな内外の対比が描き出され、情景がいきいきと感じられます。

即き過ぎを避ける・その2

異質のものを取り合わせる

読み手のイメージを刺激する

音のことを言う句なら色の季語にする、逆に色を言ったら音の季語にする、というのも方法の一つです。手ざわりを言う句に音の季語、臭覚を利かせた句に色の季語というのも同じやり方です。また、目の前のもの（近景）を言う句には、遠くのもの（遠景）を季語にする、あるいはその逆というのもあります。

こういう異質のものや事柄を、一句の中にいっしょに取り込むことを、俳句では「取り合わせ」（P.41参照）と呼びます。

この取り合わせに成功した句を見てください。

①寒月《かんげつ》や白湯《さゆ》と薬を枕元　篠原喜々

②閻魔詣《えんまもうで》や舌にぽつんと口内炎　井沢うさ子

③ワシントンポスト小脇に杜氏《とうじ》来る　岩崎金魚《きんぎょ》

④シャツ背広百枚捨てて西瓜《すいか》食ふ　番匠冬彦

①は寒月と白湯（薬、枕元）で部屋の内と外、②は閻魔詣と口内炎で、一月十六日の行事と身の内のこととの取り合わせ。視線が内から外へ移動し、五感が

とぎ澄まされる感じを味わいます。③は伝統的な日本酒造りの杜氏と外国の新聞という、意外性のある取り合わせです。

また④は、シャツや背広を百枚も捨てたというのです。きっと退職したのでしょう。たまたま一服して西瓜。この取り合わせが、読み手にどこかホッとした思いをさせるのです。

即き過ぎを避ける・その3

季語の種類を変える

句がいきいきとなることも

歳時記では、季語は性質別に「時候」「天文」「地理」「人事」「行事」「動物」「植物」などに分類されています。

110〜111ページの例句についていえば、「十二月」「年つまる」「年惜しむ」「数へ日」「短日」は、どれも「時候」の季語です。これを人の暮らしの匂いのある「人事」の季語に変えたらどうなるでしょう。

季語の分類

分類	説明
時候	暑さ、寒さなどその季節の気候に関する言葉
天文	雨、風、雲など天文に関する言葉
地理	山、川、海など地上に関する言葉
人事	衣食住にまつわる言葉
行事	祭りや儀式にまつわる言葉
動物	その時期によく見かけたりする哺乳類、鳥、魚、昆虫など
植物	その時期に花や実が目立つ草木

義理ひとついまだ果せず年つまる
→義理ひとついまだ果せず茎漬《くきづけ》**る**

「茎漬」は、かぶや大根の葉、茎を塩漬けにしたもので、その漬け込みは冬の季語です。気になっている義理を果たせないまま、冬ごもりのための漬物を漬けているのでしょう。胸に引っかかるものを抱えながら、手だけは動いている、そんな冬の農家の情景が見えてきます。

短日や伐《き》りたる枝を束ねずば
→暦古《こよみふ》**り伐りたる枝を束ねずば**
→ちゃんちゃんこ伐りたる枝を束ねずば

「古暦《ふるごよみ》」は家の中に、最後の一枚がひらりと掛けられているカレンダーのことです。ガラス戸ごしに、冬に備えて伐り払った木の枝が散らかっている庭が見えます。「ちゃんちゃんこ」とすると、寒さも厳しくなって「ちゃんちゃんこも着込んだが、それにしても早く庭の片づけもしなくては」という感じになります。いずれにしても、「年を越さないうちに、あれをなんとかせにゃなあ」とつぶやいている人の姿が見えてきます。

どの句も「人事」の季語によって、いかにも年の瀬らしい人間の動きが加わって、おもしろくなりました。

3章

推敲で俳句が劇的ブラッシュアップ！

推敲1

できた句を何度も練り直す

どこまで連想を誘えるか

1章の24〜26ページで、例句の中七や季語の位置を変えて、「春風や中すきとおるボールペン」になりました。さらに、季語を「秋風」に変え、イメージの対比を見てみました。

このように、いろいろ吟味・再考し、一句を練り直すことを推敲《すいこう》といいます。

芭蕉も「句調《くとと》はずんば舌頭千転《ぜっとうせんてん》せよ」ということを言ったそうです。句の調子が悪いときは素直なリズムになるように、何度も口ずさんで直しなさい、という教えです。リズムはもちろんのこと、内容に関しても、俳句は十七音しかないので、一字一句の違いに大きな差が出てしまうのです。

たとえば、「春風」を「秋風」に直したらどうですかなどとアドバイスすると、「いえ、私がこの句を作ったときは春でしたから」と、現実の季節にこだわる人もいます。

日記とか、何かの記録の類《たぐ》いなら、現実にその日が春であったかどうかは大変重要なことです。春にあったことを勝手に秋に変えてしまったりしたら、それはめちゃくちゃになってしまいますが、俳句はその日の記録ではなくて、あくまでも詩なのです。

詩の作品として、どこまで「真実感」を持ちうるか、どこまで大きく連想を誘いうるか、ということのほうが大切になってきます。

その意味からいえば、「秋風や中すきとおるボールペン」のほうが、より深く想像力をはたらかせられることになります。

推敲することが大切なのは、そういう理由があるからです。

俳句は「本当のこと」でなくてもいい

俳句は日記ではなく詩なので、自分で創作して問題ありません。たとえば、弟がいなくても弟が出てくる句を作ってもいいですし、亡くなった祖父が今そこにいるように詠んでもいいのです。

迷ったら元に戻す

ただ、あまり考えに考えて、ひねりすぎるのは禁物です。少々つたない感じがあっても、いきなりパッと思いついて、するりとでき上がってしまった句のほうがよいことも多いものです。

あまり考えていると、はじめに作ったときの感じ方がどこかに行ってしまって、頭の中でこねくり回した作り物になってしまいます。そうすると、どうしても、いつか新聞で見たことのあるような句とか、どことなく昔の俳人の句に似てきてしまったりしがちです。

そんなときは、思いきって元の形に戻すこと。たとえ下手な句でも、それはあなたしか作れないあなたの句なのですから。そのほうが大切です。

コラム

「とりあえずメモ」が上達への道

上五と中七だけできて、下五が思い浮かばない場合などもあります。そんなとき、できたところだけをメモしておきましょう。そのうち、残りの言葉が出てくることもあります。また、半端な五音や七音の言葉が結びついて、思いもかけない新しい俳句となって現れる、なんていうことだってあるのです。五・七・五になるまで待ってからメモするなんて言ったら、すぐに忘れてしまって、いつまでたってもまとまりません。

新しく聞いた言葉や、初めて見た植物や小鳥の名など、すぐに役に立たないものも、メモに書いておくのがおすすめです。また、読めなかった漢字や耳慣れない俳句用語も書きとめておきましょう。

言葉をたくさん頭の中にインプットして、必要に応じて使えるようにしておくのです。知らず知らずのうちに語彙《ごい》が増えていきます。そのうち、日本語とはこんなに豊かな表現があるのだと気づくでしょう。そのことに気がつくだけでも、俳句は楽しいのです。

思いついたら
すぐメモすること。
それが俳句作りの
コツです

推敲2

語順・季語・表現を変える

上下を入れ替えてみる

言いたいことがうまく言えない、五・七・五におさめるために舌足らずになった、というときは、語順を変えることを試してみましょう。

寒牡丹《かんぼたん》名前をつけて太陽と

これでもわかりますが、上五と下五を入れ替えてみます。

太陽と名前つけたる寒牡丹

ぐっとすっきりしましたね。

どんど焼世話役鳴らす呼子《よびこ》かな

正月のどんど焼きを始めるのに、世話役が合図の呼子笛を鳴らすのです。字余りなので「世話役の」の「の」を省いて舌足らずになりました。上五を下五へもっていくと、

世話役の鳴らす呼子もどんど焼

となり、よくわかるようになりました。ほかにもこんな例があります。

じんじんと手も目も鼻も冬怒濤《ふゆどとう》
↓冬怒濤手も目も鼻もじんじんと

語順を入れ替えるというのは、最も基本的な改善策です。ちょうどよく五・七・五にならなかったり、言いたいことがうまく言えなかったら、まずこの策を試してみましょう。

季語を変えてみる

「この句には、これしかない」という季語にめぐり合えれば幸いですが、どうももうひとつ季語がしっくりこない、というときは、季語を変えてみるのもいいでしょう。

春めくや如雨露《じょうろ》に水をたっぷりと

ここでは、「春めく」がもうひとつです。「春めいてきたから、庭の手入れを」と、季語が説明的に使われています。では、

卒業や如雨露に水をたっぷりと

としたらどうでしょう。卒業する子が学校の花壇の手入れでもしているのか、という読みが生まれます。

さらに季語を変えてみましょう。

花守《はなもり》や如雨露に水をたっぷりと

「花守」は桜の木の手入れをしたりして守っている人ですから、この如雨露は園芸専門家の大型のものであることが見えてきます。

鳥交《とりさか》る如雨露に水をたっぷりと

花にやる水でしょうか。如雨露に水を入れていると、空では春の鳥が恋をしているのです。いかにも春たけなわの光景です。

季語によって、一句の情景がこんなにもくるくる変わっていきます。

これ以外にも使える季語はたくさんあります。また、季語と語順の両方を変えて、〈たっぷりと如雨露に春の水ためて〉としても、おもしろい句になります。

ワン! ポイント

歳時記で季語を拾ってみる

季語に迷ったら、まずは歳時記をめくってみましょう。いくつかの季語を拾って入れ替えてみると、句の印象が変わっておもしろいものです。

言い回しを変えてみる

推敲のときには、もっとわかりやすいこなれた表現はないか、チェックしましょう。同じことを表現していても、言い方がかたかったりあいまいだったりして、わかりづらくなっていることがあります。

日蓮の像似《ぞうに》の和尚《おしょう》花御堂《はなみどう》

これは「像似」という言い回しがかたすぎます。

日蓮に似たる和尚や花御堂

とすれば、わかりやすくなります。

四つの手の甲に染みある火鉢かな

四つの手という言い方があいまいなので、次のようにしました。

わかりやすく、こなれた表現に

難解なほうが文学的だと思っている人もいますが、「なんとなくカッコいい」言い回しは、俳句には不要です。カッコよさより、わかりやすさを重視しましょう。

夫婦して手に染みありし火鉢かな

以下の四句も、言い換えてみましょう。

うなる目に怯《おび》えのさつと狩の犬 → うなる目に怯えの走る狩の犬
噛めばすぐ味失せるガム桜草 → 噛めばすぐガムの味失せ桜草
百歳の散歩付き添ふ春の昼 → 百歳の歩みに合はせ春の園
山茶花《さざんか》にくづれるほどの空家かな → 山茶花に空家のくづれ落ちさうな

こなれた言い回しの、わかりやすい句になりましたね。

言い換えのポイントは、「ふだん使っている言い回しになっているかどうか」です。「こんな言い方、ふつうはしないよね」という言い回しは、まずダメ！と考えてください。

推敲3

文字の印象を見直してみる

漢字、ひらがな、カタカナを使い分ける

俳句は、文字から受ける印象は大切です。たとえば、次のように漢字が多い句は、かたい感じになります。

元始女性は太陽で文学館の卯月尽《うづきじん》　平岡喜久乃《きくの》

臘八会《ろうはちえ》美輪《みわ》明宏《あきひろ》師《し》御説教《おせっきょう》　松久菊《きく》

笹鳴《ささなき》や捨田《すてだ》捨畑《すてばた》捨茶畑《すてちゃばた》　二川《ふたがわ》はなの

こういう句は、太い筆で黒々と墨書きしたようです。

一方、ひらがなの多い句は、薄墨でさらさらと書いたようです。

ワン！ポイント

漢字かひらがなかでイメージが変わる

それぞれ内容によって使い分けることが大切ですが、漢字、ひらがな、カタカナをうまくまぜて句を作りたいものです。

をりとりてはらりとおもきすすきかな　飯田蛇笏

ひるがほのもつれてほどきがたきかな　辻 桃子

いくたびもさくらさくたびおどろきぬ　はるのはる

カタカナの多い句には、カサカサしたおもしろみがあります。

ホテルから別のホテルへクリスマス　山口胡桃《くるみ》

グラバーのワイフのツルも淑気《しゅっき》かな　佐藤泰彦

炉開きや仔牛のフィレにナイフ入れ　篠原喜々

朋《とも》トアリ氷雨《ひさめ》ナレドモ花ナクモ　安部元気

書いた句を読み返してみて、漢字をひらがなにしてみるなどの直しで、イメージが大きく変わることもあります。

文字の印象を味わってみよう

水枕ガバリと寒い海がある　西東三鬼

「ガバリ」のカタカナは水枕のゴムの感じ、寒い水の感じにぴったりです。

寒弾《かんびき》や電子音楽器《シンセサイザー》轟轟《ごうごう》と　辻 桃子

「シンセサイザー」とせず漢字にすると、全然違う印象になりますね。

旧仮名を使って雰囲気を出す

文字の印象というと、新（現代）仮名づかい、旧（歴史的）仮名づかいのことも知っておきましょう。

川風に脚組んでいる涼みかな　館山潮

かたむきて小鳥を待つてゐる巣箱　梶川みのり

どちらの句にも「いる」「ゐる」という語が入っています。「いる」は新仮名づかい、「ゐる」のほうは旧仮名づかいによる表記です。

どちらでも好きなほうを使ってかまいません。ただ、一句の中で新旧入りまじってはいけません。

たとえば「〜しておりぬ」という表現をするときは、旧仮名づかいで「〜してをりぬ」としたほうがどっしりと雰囲気が出ます。「〜して居りぬ」と書けば新も旧も関係ないのですが、これでは一句が重く、かたくなりすぎます。

旧仮名表記のある辞書も

辞書によっては旧仮名での表記が出ています。それを見て旧仮名で句を作るうちに覚えていくことができます。

また、「蝶々」のことを、新仮名で「ちょうちょう」と書くよりは、旧仮名で「てふてふ」と書いたら、なにやらほんとうに舞いあがるような軽さが表現されている気がしませんか。それは、「蜉蝣《かげろう》」の場合も同じです。「かげろう」と新仮名で表記するよりは、旧仮名で「かげろふ」と書いたほうがずっと、あの蜉蝣の薄い翅《はね》を連想させますよね。

母の日の母のゆあみのおほどかに　佐藤明彦

葱《ねぎ》の擬宝《ぎぼ》たはむれせんと生まれけり　高橋羊一

回春の妙薬てふを小六月《ころくがつ》　志村喜三郎

ころもがへにほひ袋のふとにほひ　銀河みゆ

どれも旧仮名が句をおもしろくしています。

そんな表記のことも頭に入れて、推敲してみるといいでしょう。

旧仮名づかいの例

新仮名	旧仮名
いる	ゐる
会う	会ふ
答える	答へる
恥じる	恥ぢる
ほほえむ	ほほゑむ
せわしい	せはしい

新仮名	旧仮名
あじさい	あぢさゐ
おわり（終わり）	をはり
まず	まづ
もみじ	もみぢ
迎え	迎へ
～よう	～やう

推敲4

上五、下五を両方とも名詞にしない

理由・その1

中七が上五と下五どちらの説明なのかわかりにくい

切れ字を入れて一句をととのえる

上五、下五の五音が両方とも名詞になるのは、俳句として避けたい形です。理由は三つあり、その一つは、五・七・五の中七が、上五と下五のどちらの説明なのかわかりにくくなるからです。上からも下からも読めるので「山本山の形」などといったりします。これは、上五に助詞の「の」や「に」をつけたり、途中に切れ字（P.41参照）を入れたりすれば解消します。

牡丹園《ぼたんえん》たつた一本ひめじよおん

これを〈牡丹園／たった一本ひめじよおん〉と上五で切って読めば、「牡丹園に一本だけ姫女苑《ひめじょおん》が咲いている」という意味ですが、〈牡丹園たった一本／ひめじよおん〉と中七で切って読むと、「牡丹園なのに牡丹が一本きりで、あとは姫女苑がはびこっている」という読み方もできてしまいます。これでは困りますね。しかし、

一本のひめじよおん咲く牡丹園

とすれば、「姫女苑が一本だけ咲いている」という読みに絞られ、意味が明確になります。また、字余りでも〈ひめじよおんの一本咲くや牡丹園〉とする方法もあります。

春の雨白さと香り沈丁花《じんちょうげ》

この句も「白さと香り」が、春雨の形容なのか、沈丁花のことなのかあいまいです。

春雨や白く香りて沈丁花
春雨の白さや香る沈丁花

切れ字を入れた前句なら、色と香りは沈丁花のこと、後句なら白いのは雨、香るのは沈丁花とわかります。

理由・その2

作者の感動のポイントがわかりにくい

「三段切れ」を避ける

上五、下五の名詞を避けたい理由の二つめは、「三段切《さんだんぎ》れ」になりやすいからです。「三段切れ」とは何でしょうか。例をあげて説明していきましょう。

よもぎの芽／開く弁当／母子達

切れ字の活用を

上五・下五とも名詞の句は、最初、作ってしまいがち。切れ字を用いることでぐんとわかりやすくなり、躍動感も生まれます。

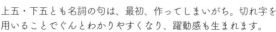

この句はよもぎの芽が萌え出した野原で、親子でお弁当を開いている情景でしょうが、上五、下五が名詞、おまけに中七も名詞なので、それぞれでぽつぽつと切れてしまい、作者が何に感動したのか、ポイントがぼやけてしまっています。こういう句を「三段切れ」「三切《みき》れ」といいます。

ではどう直すか。「よもぎの芽」がポイントなら、

母子して開く弁当／よもぎの芽

とするし、母子のなごやかさを言いたいなら、

よもぎ萌え／弁当開く母子かな

としてもいいですね。あるいは弁当が主体なら、

芽よもぎや／母子で開くお弁当

と、句の切れている場所を一カ所にすれば、ポイントがはっきりします。

深呼吸／小林少年／蝌蚪《かと》の池

これも同じ欠点があるのがわかりますね。小林少年がどうしたいかがあいまいです。それに、「小林少年」はかたいですよね。

蝌蚪生れ／小林くんの深呼吸

とすれば、よくわかるでしょう。ちなみに「蝌蚪」とは、おたまじゃくしのことです。

理由・その3

句のリズムが悪くなりやすい

句の軽やかさを意識して

上五、下五の両方を名詞にするのを避ける三つめの理由は、句がごつごつして、重い感じになる場合があるからです。型にはまりすぎてリズムが悪くなることがあるのです。

春小雨《はるこさめ》門を閉ざした百花園《ひゃっかえん》

この句は意味的には、中七が上五にかかることはありませんから、このままでも読み間違われることはありません。

しかし、上五が名詞、下五も名詞なのでぶつぶつとリズムが途切れて、春らしい軽やかさが出ていません。

春雨や門を閉ざした百花園

とすれば、「や」ですっきり切れて、中七・下五は途切れがなく、耳で聞くとなめらかです。しとしと降る春雨のやわらかいリズムが感じられると思いませんか。そして、その雨の中、ぴったり閉まった門がくっきり見えてきます。

また、さらにリズムをととのえようとするなら、

春雨や門閉ざしたる百花園

門閉ざしたる春雨の百花園

などとしてみるのもいいでしょう。
あるいは、「小雨」をどうしても言いたいのなら、

百花園春の小雨に門閉ざし

としてみます。

4章

やってしまいがちな俳句のワナ6

ワナ1

季語の説明をしてしまう

当たり前の内容でおもしろくない

1章と2章の中で説明したように、季語には「本意《ほんい》」（P.33、108参照）というものがあります。初心者のころやってしまいがちなのが、句が単に季語の本意の説明になってしまうという失敗です。

たとえば「夕立」という夏の季語。真夏の午後、みるみる空が暗くなって、はげしい雨粒が叩きつけるように降る。あたふたと物を取り込む。傘のない人が走って行く。それなのに一時間もしないうちに、うそのように晴れ上がって、蟬《せみ》の声が戻ってくる。たいていの人がそんなイメージを抱くでしょう。つまりこれが夕立の本意なわけです。だから、

夕立やみるみる空が暗くなり
夕立や傘のない人走りゆく
夕立のあがりてもどる蟬の声

などというのは、季語を改めて説明しただけで、おもしろくないのです。挙げた句は、夕立について当たり前のことしか言っていないのですから。こういうのを、季語に「即《つ》き過《す》ぎ」（P.108参照）といいます。

では、それに対し、夕立を使ったいい句を紹介しましょう。

夕立に独活《うど》の葉広き匂ひかな　宝井其角

この句は、夕立に独活の葉が匂ったと言っただけですが、読み手の脳裏には、柄が長く縁にギザギザのある、独活の青々とした広い葉と、それを叩く雨の清々しさが伝わってきます。また、

夕立に走り下るや竹の蟻　内藤丈草

本意＝共通イメージは説明不要

「季語の本意」とは、季語の持つ「本来のイメージ」のことでしたね。その言葉を聞いて思い浮かぶイメージは、言わなくても読み手に伝わるので、重ねての説明は不要です。

走ったのが人間では平凡ですが、竹の幹を走り下りる蟻に目をつけたことで、青竹をつっと走る雨粒まで見えてきて、これも夕立の涼しさを実感させます。

夕立や砂に突き立つ松青葉　　正岡子規

はげしい夕立が来ました。雨脚が砂をえぐり、松葉を叩き落とし、その青い松葉が白い砂に突き刺さっているのです。よく見て描写していますね。

季語はこういうふうに使いたいものです。

初心のうちはまず歳時記をよく読んで、季語の本意を知ること、そして本意を説明しないこと、これらを心がけましょう。

歳時記には季語の本意がわかりやすく説明されています。たとえば「薄暑《はくしょ》」という夏の季語を引いてみましょう。

まずは辞典ですが、『広辞苑』では「初夏の、やや汗ばむような

こんな句も即き過ぎ

春となり楽しき風の吹いてくる

「春」といえば「うらうらと心楽しい」と感じられるのが本意ですから、その説明になってしまっています。

秋めくや淋しき風とおもわれし

「秋」といえば「さびしい」と感じられるのが本意ですから、これも説明にすぎないということになります。

暑さ」となっています。歳時記では、拙著『新版 いちばんわかりやすい俳句歳時記〈春・夏〉』では「初夏の少し暑く感じられる気候」としました。

山本健吉編『季寄《きよ》せ』では、「初夏のころの、あさあさとした暑さ」です。また、高浜虚子編『新歳時記』には、「初夏、五月頃の暑さをいったものである。セルの頃である」とあります。「セル」とは毛や絹、合成繊維を使った肌ざわりのいい単衣《ひとえ》の着物地のことで、着物をよく着る年配の人には、「セルの頃」という言葉でその夏めいてきた時期の気候がよくわかるのです。

ほかに、具体的に温度を挙げて説明している歳時記があったり歳時記によって説明はさまざまですが、共通のイメージの本意は伝わってくるでしょう。

季語の本意を生かすためには、まず歳時記にこまめに目を通し、季語それぞれの本意を知っておくことが大切です。

ワナ2

うっかり季重ねしてしまう

季語は絞って句をすっきりさせる

俳句を作るとき、とくに初心者のうちは一つの句には季語を一つだけ入れる「一句一季語《いっくいちきご》」を心がけるようにしましょう。

一句に複数の季語をうっかり入れる「季重ね《きがさね》」（P.38参照）で失敗することも、初心者にはよくあります。たとえばこんな句です。

豆のつる茄子《なすび》ものびて胡瓜《きゅうり》もぎ

なすび取る畑は夏の暑さだな

一つめの句には「豆のつる」「茄子」「胡瓜」、二つめには「なすび」「夏」「暑さ」と、それぞれ季語が三つも入っています。

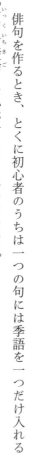

いまはどの季節にも買える野菜が増えていますが、豆も茄子も胡瓜も本来は夏に盛りを迎える野菜です。この盛りの時期を旬といい、旬のものが季語となるのです（P.33参照）。

季語は、それだけで多くの人が共通のイメージを思い浮かべることのできる「強い言葉」なのです。十七音しかない俳句の中に、そういう強いイメージ喚起力を持つ言葉をいくつも入れると、読者はその句からどういうイメージを思い浮かべたらいいのか混乱してしまいます。

豆のつるどんどんのびて絡み合う

と「豆のつる」に絞れば、読者の心には、豆のつるだけが鮮明に見えてきます。

また、二つめの句は、

わけ入りし畑むんむん暑きこと

とすれば、句の意味は「畑の暑さ」だけに絞られて、畑で働く農家の人の大変さも伝わってきます。

ワン！ポイント

歳時記のチェックで季重ね防止！

季語ではないと思っていたものが季語で、季重ねになってしまう場合もあります。推敲していて「もしかして季語かも？」と思ったら、歳時記でチェックしてみましょう。

また、「夏」「暑さ」を略して、

なすび取る畑に入ればむんむんと

としたら、生い茂ったなすび畑の中の暑さが伝わってきます。季語を絞ると、一句は締まってすっきりとします。

ただ、季重ねはタブーではありません。季重ねでもよい句、季重ねだからこそよい句もたくさんあります。俳句が上達してきたら、季重ねに挑戦してみてもいいかもしれません。

よく知られている季重ねの句を見てみましょう。

しばらくは花の上なる月夜かな　松尾芭蕉

これは咲き満ちた桜の上に春の月が出ているという美しい句です。俳句では単に「花」と言えば桜のことで春の季語です。同様に単に「月」と言えばこれは秋の季語になります（P.32参照）。つまり、春と秋の季語が入っているのです。しかし、「月」は一年中あるものなので、秋以外に詠みたい場合もあります。だからこの句の場合は、春にしか咲かない「花（桜）」がメインで、月は「花月夜《はなづきよ》」という季語をなすように添えられているのです。ですので、春の句として焦点が定まっています。

一句に二つ以上の季語を入れる場合は、このように、どちらがメインの季語なのか焦点をはっきりさせることが必要です。下手に季重ねすると季語同士が打ち消し合って「盆と正月がいっぺんに来たような句」になってしまいます。複数の季語のうちどれがメインになるのか理解できないままに作ると焦点の定まらない句になってしまうので、俳句に慣れるまでは一句一季語の基本をしっかりマスターしてから季重ねに挑戦してみてください。

ワナ3

言い過ぎてしまう

感情は季語に代弁させる

俳句を始めたばかりの人の句にこのような句があります。

白桔梗《しろききょう》かなしく若き母逝きて
村長の父なつかしく林檎《りんご》もぐ
若き日は苦難のりこえ初景色

「白桔梗」の句は、小学生のときに亡くなったお母さんが植えた白桔梗が今も咲きつづけていて、桔梗を見るとついお母さんを思い出してしまうのだと言うのです。気持ちはよくわかりますが、俳句では「若き母逝く」と言えばそれだけで、「悲しい」気持ちは伝わります。

俳句は五・七・五しか言えないので、できるだけ言葉を省くことが大切です。

でも、それを言わなくては、自分が「悲しい」と思っていることがわからないのではないか?と思うかもしれませんが、俳句はくどくど言わないほうがいいのです。こんなに言えるぞと言葉をぎゅうぎゅう詰め込まず、季語を生かしてほんのちょっぴり言うほうが、思いが深く伝わるのです。

それを踏まえて、推敲してみましょう。

白桔梗咲くや若くて逝きし母

「村長の父」の句は、「子どもたちのために林檎の木を植えておいてくれた」ということのようですので、「なつかしく」よりも、その話のほうが句としては印象的です。

村長の父植えくれし林檎もぐ

こうすれば、読んだ人には感謝の気持ちやなつかしさはちゃんと伝わるのです。

季語から伝わる感情は繰り返さない

桔梗の花は、かぼそいけれど凛として清楚な印象です。上の句ではそこに母の面影が重なり、若くして亡くなった悲しみが伝わります。さらに「悲しい」と言うと、くどくなるだけです。

「若き日は」の句は、「苦難のりこえ」が自分の境涯について説明し過ぎています。思い出にひたってしまうのではなく、一歩引いて、冷静に描写する態度が必要です。その人の話を聞いていると、若いときは学校帰りにリヤカーを曳《ひ》いて畑の林檎を売って歩いたということですから、

若き日やリヤカー曳いて林檎売り

このほうがずっと客観的で、読むほうにも苦労が伝わります。

客観写生と主観写生

感情や心象風景を詠むのも写生（P.70）です。心の内をじっと観察し、それを言葉に移し替える作業は、花や虫や雲を見てその姿や動きを言葉にするのと同じなのです。写生はとても幅広い考え方です。

高浜虚子は、具体的な事物を詠む写生を「客観写生《きゃっかんしゃせい》」、心の内を詠む写生を「主観写生《しゅかんしゃせい》」と呼び分けました。

夏の季語「金魚」を例にとってみましょう。

もらひ来る茶碗の中の金魚かな　内藤鳴雪《めいせつ》

灯《ひとも》してさざめくごとき金魚かな　飯田蛇笏

これらは、金魚そのものを詠んだ客観写生の句です。

これに対し、以下は金魚への思いや、金魚に触発された感情を詠んだ主観写生の句です。

忘られし金魚の命淋しさよ　高浜虚子

残りたる金魚一尾よさみしいか　辻りん

ご自分の心を詠む句、大いにけっこう。ただ、心の内を冷静に見つめ、観察した主観写生を心がけてください。

金魚を詠んでいても、
フシギと作者の思いが
伝わってきます

ワナ4

むずかしい言葉、気取った言葉を使う

簡単、素朴な言葉のほうが連想を誘う

初心のうちは、むずかしい言葉や気取った言い回しを使ってうまい句になったと勘違いしてしまいがちです。次の句を見てください。

枯草にいろいろの彩《いろ》ありにけり

枯草をじっと見て写生しているところはすばらしいのですが、「彩」がよくありません。作者はここに工夫があると得意なのですが、こういう気取った言葉で、かえってよくある句になりがちなのです。ふつうの「色」で十分です。

枯草にいろいろの色ありにけり

俳句の表現はできるだけ飾りを取り払い、簡単に素朴にしたほうがいいのです。ぶっきらぼうで、愛想のない言葉づかいのほうが、深い連想を誘います。
また、こんな句を作った人もいます。

湖の山紫水明《さんしすいめい》夏の風

「山紫水明」は美しい表現ですが、やはりちょっと気取っていて、偉そうな感じですね。作者にもう少しやさしい言い方をしてみましょうとアドバイスしたら、

湖の水きよらかに夏の風

と推敲してきました。そう、このほうがずっといいです。

涼しさや温故知新《おんこちしん》の山の宿

これも「温故知新」という言葉がかたいですね。漢文の教養があるのはすばらしいことですが、そこのところはできるだけやさしく、ふだん使っている言

俳句では飾らない素朴な表現を

気の利いた表現より、「なんだか下手みたい」と思わせるくらいあっさりしているほうが、俳句としてはいい場合があります。素朴で自分らしい表現を探しましょう。

葉で言うのが俳句です。芭蕉も、心は高く高尚なものを目指しながら、使う言葉はふだんの言葉にしなさいと言っています。この句も作者はいろいろ考えて、

涼しさや昔ののこる山の宿

としました。昔風の建物で、そこここに古いしつらいの残っている懐かしい宿という感じがよくわかるようになりましたね。

コラム

俳句と短歌の違い

短歌は五・七・五・七・七、俳句は五・七・五と、分かれて発達してきました。この二つの表現はまったく違うのです。

短歌は長い分だけ作者の思いの丈《たけ》を述べることができます。流れるように経過を語ります。それはちょうど映画を観ているような感じです。ちゃんと起承転結《きしょうてんけつ》があります。

それに対して、俳句は短いのですから、つべこべ理屈を言わず、思いも述べず、経過は語らず、にべもなく結果だけを言い放ちます。起承転結の全部を言わず、起と転だけ、あるいは、起と結だけ言うようなものです。言わない部分は余情として漂わせます。

ちょうど短歌が長刀《なぎなた》のようなもので、遠くのほうから大げさに振り回し、エイヤーと掛け声も優雅に切りつけるならば、片や俳句は短刀です。有無を言わせずに急所をぐさりと突き刺すのです。

そのように、俳句は短い分、印象は鮮烈です。一句が一編の小説に匹敵する深い感動をもたらすこともあるし、その一句に出会ったことで絶望の淵から立ち直れることもあるほどなのです。

短歌は俳句より
14音長い中で
かなり多くのことを
説明する余地があります

ワナ5

思い込みで誤字、当て字を使う

字の間違いで句の意味が伝わらないことも

間違った字を書かないこと、これは、うまい俳句を作ること以上に大切です。5章の「句会・吟行」のところでもお話ししますが、句会では自分の句を短冊に書いて出します。そのとき誤字や脱字に気づかずに出す人がけっこう多いのです。

俳句は十七音しかありませんから、そこで一字でも間違えると、自分の表現したいことが伝わらなくなることさえ出てきます。また、カッコいいと思っておかしな当て字を使って、それで句の意味がわかりづらくなる場合もあります。

でも、堅苦しく考えることはありません。わからない字があるのは学者も同じです。一句俳句を作れば一つ字を覚える、一回句会に行ったら一つ字を覚え

る、一回恥をかいたら一つ字を覚えるくらいの気楽な気持ちでやっていきましょう。

誤字を避けるためには、辞典の使用を習慣づけたいですね。漢字を調べたり、言葉を探したりするとき、辞書も電子書籍ならスマホで見られます。電子辞書も小型で優秀なものがたくさんあるので、持っていると便利です。

おほきすぎる花犇《ひし》めくや躑躅山《つつじやま》　佐藤明彦

引いてゆく汐《しお》に石蓴《あおさ》の残りけり　石井みや

「犇めく」「躑躅」「石蓴」などのむずかしい字は必ず確認を！

ワナ6

「類想類句」の月並な俳句を作ってしまう

借り物の発想をやめる

夏蝶や花から花へランデブー

初心のうちはこういう句を作ってしまうことがありますが、月並《つきなみ》でつまらない。蝶々が蜜を求めて花にもぐり、出てきてまた別の花に移る、という情景を一句に詠むのはいいのですが、それを「ランデブー」と言ってしまうのは、借り物の発想です。自分の目で見たことを、下手でもいいから自分の言葉で言い表す努力をしましょう。（P.66参照）

軒下に大根下がりラインダンス

この句もそうです。農家の軒下に、洗いあげた大根がずらりと下げて干してあるのは懐かしい情景です。そこに目をとめたのはいいのですが、並んだ脚にたとえて「ラインダンス」と言ってしまうのは、比喩としては平凡です。やはり見たままを自分の言葉で表現したい。

青空にホームラン飛び夏休み

これもつまらない。作者がこの情景を一句にしようと思った、その心の動きがまったく感じられないからです。観客なら「やった！」という臨場感があるはず。プレーしているなら、なおさら驚きや喜びがあるはず。通りすがりに見ただけでも、何か「感じ」たから一句にしようと思ったはずですが、それを伝える努力が必要です。

ワン！ポイント

ありがちな発想ではないか見直しを

「類想類句」とは、同じような発想をもとにした、似通った句のこと。「蝶」と「ランデブー」、「青空」と「ホームラン」などの発想がそれにあたります。

俳句における「わび」と「さび」

「わび」「さび」について、「日本独自の美意識」となんとなく知っている人は多いでしょうが、具体的にはどういうことを表しているのでしょうか？

「わび（侘び）」は、「わびしい」ともいうように、もとは「粗末」「質素」な様子をネガティブに表す言葉でした。しかし茶道において理論化され、「質素でもすぐれたもの」「粗末なものでも充足する精神」を表す肯定的な言葉ととらえられるようになりました。

「さび（寂び）」も同様に、「さびれる」という言葉から浮かぶように、もとは古びて劣化したことを否定的に表す言葉でした。しかしこの言葉も、「古い中に美を感じる」「枯れて渋さがにじみ出る」といった肯定的な意味に転じ、松尾芭蕉以降の俳句が理想とする境地と考えられるようになりました。

どちらも質素や古さなどの中に美や趣《おもむき》、奥深さを感じる心を表します。静けさ、寂寥《せきりょう》感を伴う感覚で、桜のはかなさや季節の移ろいに美を感じることにも通じます。

十七音でこの情感を
表現できるようになったら、
俳句上級者！

5章

句会・吟行で楽しく俳句力アップ！

句会に行こう!

先生や仲間の話を聞くのが上達の早道

自分の句というものは、いくら冷静に読もうと思っても、作るときの思い入れにとらわれてしまうので、客観的に判断するのがむずかしいものです。

そのうちきっと、だれかに見てもらいたくなります。書くということは本質的に、こういうふうに自分をだれかに伝えたいということなのです。

そうなったら、句会に行きましょう。句会に行けばあなたの句を見てくれる仲間がいます。俳句とは何なのか? それを理解し、身につけるためには、句会に出ることがいちばん早道です。本を読んで一人合点しているより、まず、先生や先輩や仲間の話を聞き、他

主な二つの句会

①地域でやっているもの

〇〇市民俳句会など。案内は自治体の広報などに出ている。

②俳句結社でやっているもの

結社誌やホームページ、SNSなどに案内が出ている。

ほかにもさまざまありますが、どこの句会でも初心者には親切に句会のやり方を教えてくれるでしょう。

の人の俳句を読むのが、なにより上達するコツなのです。

もちろん、初めて句会に出るときなど、だれだって自分の句がどういうふうに批評されるのかと、ドキドキします。ときには、思ってもみなかった悪い批評をされることもあるかもしれませんが、気にしてはいけません。

一から始めるのだということ、初心者なのだということさえ忘れなければ大丈夫です。どんな偉い俳人であろうと、はじめは初心者で、そして初めての句会ではきっとドキドキしたことでしょうから。


句会に来る人はみな、ただ俳句を勉強したくて、楽しみたくてやってくるのです。その人の肩書など関係なく、一人ひとり俳人として対等です。そして、みなが互いに楽しくスピーディに句会が運ぶように協力し合います。

五七五というこんな短い型を使って、言おうとすることを表現する文学においては、人の作品を温かく読もうとする気持ちがないと、その表現は伝わらない場合が多いのです。互いに心を許し合い、一つの表現を楽しもうとする心のつながりを、昔の人は「座《ざ》」といいました。四、五人の小さな集まりから、新聞や結社の投句欄なども、みな大きな意味で一つの座なのです。

句会のやり方

では、句会とはどういうことをするのでしょう。結社ごとに句会のやり方は違いますが、細かな点で違いがあっても、根本は同じです。ここでは、ごく基本的なわかりやすいやり方を紹介しましょう。

①句会の日は定刻までに句会場に行き、受付で名乗り、会費を払います。そんなに高いものではありません。

②受付では、小短冊《こたんざく》という小さな細長い紙を、投句する数だけ配ってくれるでしょう。この小短冊に、持ってきた自分の句を一枚に一句ずつ清書します。これは無記名です。

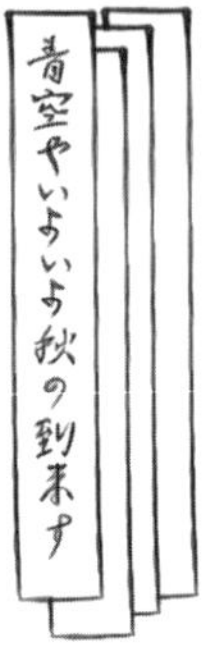

●小短冊

③係の人が全員の分を集めて、ばらばらにして混ぜます。だれの句かわからなくするのです。

④それを出席者に同じ数ずつ配り、出席者は自分のもとへ来た句を清記用紙《せいきようし》に書き写します。

●ていねいに、書き間違いのないよう書き写すこと。字を間違って書き写すと、まったく意味不明の句になってしまう場合も。

●字が明らかに間違っていると思われても、そのままに写します。というのは、それを作った人には、書き写す人にはわからない深い意図があってのことかもしれないからです。

⑤清記用紙を時計回りと反対の方向に順々に回し、それぞれの中から自分の好きな句、いいと思う句を選び出します。これを選句《せんく》といいます。

●何句選ぶかはその句会によって違い、前もって指示があります。

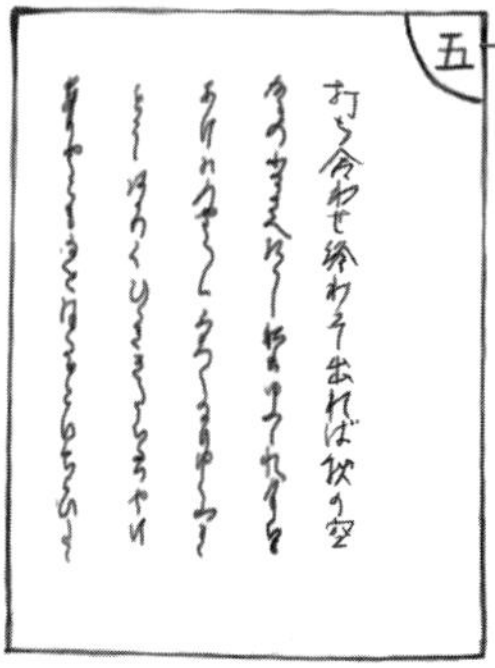
自分の紙が何枚めかわかるよう番号も入れる

●清記用紙

●五句選ぶなら「五句選《ごくせん》」といいますが、いきなり五句選ぶのは大変です。まず予選用紙《よせんようし》（ノートやメモでOK）に、回ってきた清記用紙の中から「選んでもいい句」を何句か多めに書き抜いておきます。清記用紙が全部回り終わったら、予選用紙に書いた中から五句を選び出します。

●いくら上手な句に思えても、自分の句は選ばないことが基本です。

⑥最終的に選んだ句を選句用紙《せんくようし》に書き写して、提出します。
選句用紙には自分の名前（俳号）を、「〇〇〇選《せん》」と書きます。
さらに、いちばんいいと思う特選の句に、丸をつけます。

⑦出席者の一人（披講者）が、みなが提出した選句用紙を見て、選ばれた句を順に読み上げます。これを披講《ひこう》といいます。自分の句が読まれたら、自分の名前（俳号）を名乗ります。

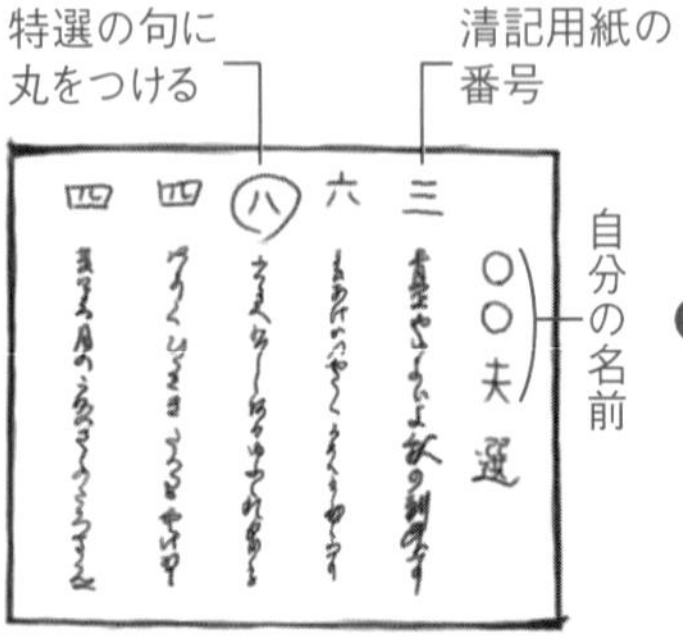

●選句用紙

●何度読み上げられても、そのつど名乗ります。何度も名前を言えることはうれしい！

●ときにはだれも選んでくれずに、名前を言うことなく終わることもあります。でも気にしないで、なぜ、自分の句に点が入らなかったのか、そのあとの選評《せんぴょう》をよく聞きましょう。

⑧⑦のときに、手元の清記用紙に選ばれた句があったら、その句の上や横に選んだ人の名前（俳号）を書き、下に作者の名前（俳号）を書き添えます。

●記録し終わったら、「はい」と言って、記録したことを告げます。その声を合図に披講者が次の句の読み上げに入ります。

⑨選評はその座の主宰者《しゅさいしゃ》が行います。

●互いに選ぶだけではあまりよくない句に点が入ることもあるので、主宰者の意見には素直に耳をかたむけましょう。

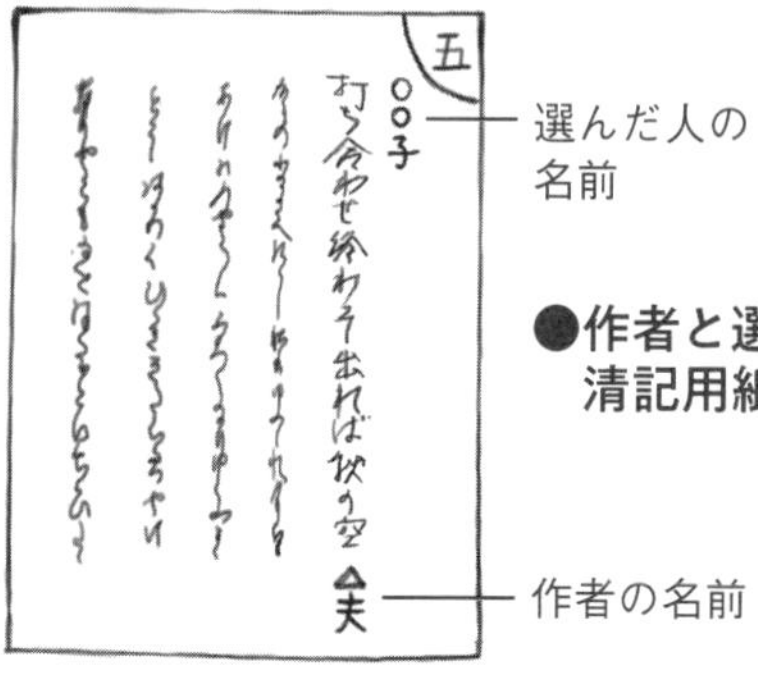

●作者と選者を清記用紙に記入する

●自分が見落とした句の別の読み方を知ったり、自分が選んだ句でも違う読み方を習ったり、句会の中でここがいちばん勉強になるでしょう。お互いに意見を交したり、疑問をぶつけ合う句会もあります。

にぎやかに楽しむだけでなく、静けさの中でしみじみと自分の句をかえりみたり、他の人の句に思いを馳せるという楽しみ方もあります。

久々の方もをられて句座始《くざはじめ》

辻 りん

俳句はわずか十七音の短い詩ですが、それに打ち込んでいる仲間たちの生活、性格、人生観までがその中にひそんでいるものであり、俳句を通してより深い連帯が生まれます。句会はそういう場なのです。

ひとりの作句より句会は楽しい

句会には行きたくないから、ひとりでコツコツ俳句を作るという人もいます。でも、やはりそれはおすすめできません。俳句は座の中で育まれ、鍛えられ、磨かれる面が大きいのです。俳句歴が数十年だというのに、基本的な俳句のルールを知らず、ひとりよがりの句を作る人を、たまに見かけることがあります。聞けば、本で独学し新聞の俳句欄に投句しているだけで、結社や句会にもまれていないのです。

もちろん、本を読んで勉強するのも大事です。が、たとえば二十人で五句出しの句会なら、巧拙《こうせつ》とりまぜて百句を読み、選句し、それぞれの句について主宰や上級者の意見を聞くことができます。疑問点を教えてもらえるし、自分の選句力がどの程度かもよくわかります。一回の句会は本一冊分、いえ、それ以上の効果があると思います。

句会は勉強になりますが、けっして息のつまる堅苦しい場ではありません。冗談が飛び交い、笑いも起きます。句評が脱線して、思わぬ体験談になり、みんなが感心して聞きほれるといったこともあります。

そして、なにより自分の句が認められ、ほめられるのは、わくわく

←次ページへ

する喜びです。「いい句ですねえ」「感性がすてきだなあ」などと面と向かってほめられたことって、最近ありましたか？　大人になると、そんな体験はざらにあることではないでしょう。

長年、家庭に閉じこもっていた主婦が、一念発起して句会に出てくる。そこで、ほめられ、まるで子どものようにうれしそうに顔を輝かせる、といった場面を何度も見てきました。

また、かつての企業戦士が、定年後の退屈しのぎにと俳句を始めたケースにもよく出会います。会社ではえらかったんだという気負いがあるせいか、はじめはなかなかよい句はできません。やがてそれが吹っきれて、ある日みんなが絶賛する句ができる。そのときの、うれしそうな顔。それは人生を生き直すことではないのか、とさえ思えてきます。

どうかあなたも、勇気を出して、座に飛び込んでみてください。

俳句を詠むのは、煎じ詰めると
自分を表現したいから。
俳句を通じて、どんどん
自分を伝えていきましょう！

吟行に行こう！

外へ目を向ける、体中で感じる

「俳句を作ろう！」と思い立ったとき、たいがいの人は歳時記と句帖を持って机の前に座って、居間のテーブルに陣取って、思案にふけるというスタイルになるのでしょうか。でも、これでは、会社から帰ってきてから、家事が終わってほっとひと息ついたところで、ということになるでしょう。あたりは夜です。家の中のものしか見えないということになります。なかには、夜、布団に入ってから初めて俳句を作る気になるという人もいますが、これでは句材《くざい》（俳句の材料、素材）はせばめられ、いきおい、想像力と頭と知識をフルに活用するということになってしまいます。

俳句には、想像力はもちろん必要です。けれど、頭、知識、常識、理屈のたぐいは、むしろ邪魔になるのだということは肝に銘じておいてほしいのです。

俳句を作るのに必要なものは、目、耳、鼻、舌、肌ざわりなどの感覚です。そして、新鮮な驚きです。発見です。

これはもうなんといっても、明るい昼間に外へ出て作ることがどんなに必要かわかるでしょう。

ほんの小さなことにも目を向け、思いをかけていれば、必ず句材はあるのです。そのためには、いつも今生きて在ることを喜んで外界に目を向けていることは、俳句を作るすべての人の最も大切なことなのです。

そこで、外に出られる人は外に出ましょう。外へ出て、いろいろな所へ俳句を作りにゆくことが吟行《ぎんこう》です。

休日にゆっくり時間をとって、知らない所へ俳句を作りにゆくなんて最高の遊びです。ちょっとの時間でも、家を出て日常生活からしばらく離れ、知らない所へ行くと、体中が新鮮になって感覚がとぎ澄まされます。きっとなにか新しい発見があるはずです。

家の中から外を詠うことも

外へ出られない人なら、窓を開けて外を見るだけで、毎日新しい発見があるでしょう。空の色、雲の形、季節による木々の姿の変化などです。
正岡子規の以下の句にも、そのことがよく表れています。

五月雨《さみだれ》や上野の山も見あきたり

いくたびも雪の深さをたづねけり

日常生活の中でのちょっとした吟行を

とはいえ、忙しい現代人はそうそう出かけてばかりもいられません。そういう人には、私は毎日のちょっとした吟行をおすすめします。勤め人なら、毎朝駅へ行く途中の道や、電車の中から見た景などが句材になります。

沈丁を嗅ぐや奥からしはぶきが　長谷川ぽぽ

食はぬてふ隣で摘むや蕗のたう　桑島ほたる子

掘割の水の速さや柳の芽　岩﨑月兎《げっと》

買い物の行き帰りにちょっと一本別の道を曲がってみるとか、少し遠回りしてみるとか。日常生活からたとえ三十分でも離れて、自然の中の、自然の一部である自分自身を認識する時間が持てればいいのです。通りすがり、沈丁花の匂うお宅の奥から咳払いが聞こえたり、お隣の庭にたくさん生えた蕗を摘ませてもらったり。ふだん見慣れた掘割の流れの速さに気づくのも、こんなときです。

有名な下田《しもだ》茄子《なす》とてみな買ひぬ　吉田羽衣《うい》

戦争の古新聞で瓜くるむ　田代草猫

駅前に売地の札や芋嵐　中　小雪

市場で買い物しながら歩くのも、買った瓜を新聞紙でくるんでもらうのも、駅前のビル跡の売地札も、その気にさえなれば「見るもさわるもみな吟行」になります。

吟行の準備

少し遠出をして吟行をするなら、参拝者の多い有名な寺社やにぎやかな観光地より、さりげない畑や田んぼのほうがおすすめです。自然の残っている、欲をいえば少し歴史的な面影がある所がいいでしょう。

吟行に出かける前に、以下をチェックしておきましょう。

①歩きやすい服装、少なめの荷物で

吟行ではよく歩きます。ウォーキングのようにゴール目指してまっしぐら、という歩き方ではなく、あっちを見たりこっちを見たり、脇道にそれたり、しゃがんだりですが、**動きやすく、気候に合った服装と、履き慣れた歩きやすい靴で。**悪天候では雨靴が安心です。天候が変わることも考え、雨具、帽子、手袋、はおる上着など、季節にも応じて携帯を。

荷物はなるべく軽く少なく。手提げではなく、肩から掛けたり背負ったりできて、両手があくバッグのほうが便利です。

②筆記用具、句帖、歳時記を忘れずに

筆記用具は立ったまま書きやすいものを。句帖はポケットに入るサイズのものに。句を思いつくたびに、いちいちかばんから取り出すのは面倒だからです。歳時記も必要ですが、分厚くて重い歳時記を持ち歩くのは疲れます。季語が思いつくかどうか心配なら、軽くて小型の「季寄せ」（くわしい説明や例句を入れない簡易版の歳時記。P.40参照）や、分冊になったハンディ版の歳時記がおすすめ。スマホで見られる歳時記の電子書籍版も便利ですね。

でも、季語はとりあえず、あたりに見える季語を使っておいて、自宅に帰ってから、じっくりと考えて推敲してもよいのです。

③季語を事前に調べておくこと

事前に、歳時記からその季節の季語を書き抜いておきましょう。今の時期どんな季語があるか、その本意（P.33、108参照）は何か、どんな例句があるかをメモしておきます。片っぱしから写すのではなく、気になる季語、使ってみたい季語、明日の吟行地に合いそうな季語など、五、六語でいいのです。この準備が意外に大きな効果を発揮します。

コラム

俳号をつけよう

俳号とは、俳句を作るときに使う名前(雅号《がごう》)です。

俳号をつけましょうと言うと、「私などまだとてもとても。もう少し上達したら」と尻込みする人がいますが、これは考えちがいです。俳号は、茶道や華道などの家元から名前をもらったりするのとは異なります。「先生からつけていただく」という性質のものではなく、自分の意思でつける第二の名前です。

なぜ、俳号をつけるのでしょう。俳句は、家庭生活や会社勤めなど現実とは一線を画した世界だからです。どんな大金持ちの奥さまだろうが、会社でどんなにえらい人であろうが、俳句の世界では、まったく同格のひとりの俳人です。「○○さんの奥さん」「△△社の社長」ではありません。

俳号は「別の世界」にいることを示す符合であり、俳号をつけるということは、もろもろの世間のしがらみから自由になって、ひとりの俳人として生きるぞという意思の表れだ、と私は考えています。

お気に入りの漢字を使った名前、
好きな草花の名前、
子ども時代のあこがれの名前など、
俳号は自由につけましょう

二十四節気早見表
（日は年によって多少変わります）

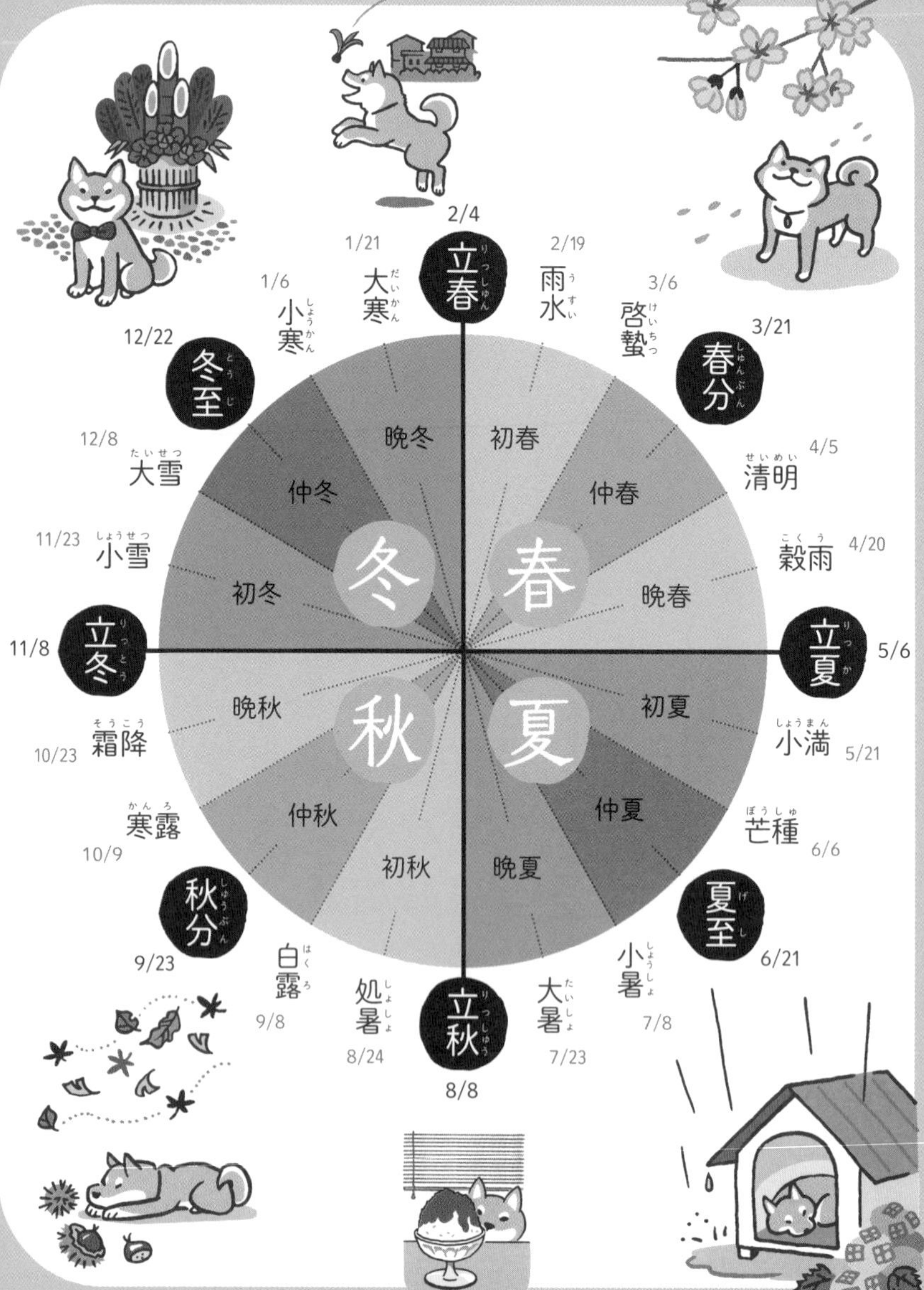

七十二候一覧表

（読み方には諸説あります）

季節	節気	候	七十二候〈日本式〉
春	立春	初候	東風凍を解く（はるかぜこおりをとく）
		次候	鶯鳴く（うぐいすなく）
		末候	魚氷を上る（うおこおりをいづる）
	雨水	初候	土脉潤い起こる（つちのしょううるおいおこる）
		次候	霞始めてたなびく（かすみはじめてたなびく）
		末候	草木萌え動る（そうもくめばえいづる）
	啓蟄	初候	すごもりの虫戸を開く（すごもりむしとをひらく）
		次候	桃始めてさく（ももはじめてさく）
		末候	菜虫蝶となる（なむしちょうとなる）
	春分	初候	雀始めて巣くう（すずめはじめてすくう）
		次候	桜始めて開く（さくらはじめてひらく）
		末候	雷乃ち声を発す（かみなりすなわちこえをはっす）
	清明	初候	玄鳥至る（つばめいたる）
		次候	鴻雁かえる（こうがんかえる）
		末候	虹始めてあらわる（にじはじめてあらわる）
	穀雨	初候	葭始めて生ず（あしはじめてしょうず）
		次候	霜止で苗出づる（しもやんでなえいづる）
		末候	牡丹華さく（ぼたんはなさく）
夏	立夏	初候	蛙始めて鳴く（かわずはじめてなく）
		次候	蚯蚓出づる（みみずいづる）
		末候	竹笋生ず（たけのこしょうず）
	小満	初候	蚕起きて桑を食む（かいこおきてくわをはむ）
		次候	紅花栄う（べにばなさかう）
		末候	麦秋至る（むぎのときいたる）
	芒種	初候	蟷螂生ず（かまきりしょうず）
		次候	腐れたる草蛍と為る（くされたるくさほたるとなる）
		末候	梅のみ黄ばむ（うめのみきばむ）
	夏至	初候	乃東枯る（なつかれくさかるる）
		次候	菖蒲華さく（あやめはなさく）
		末候	半夏生ず（はんげしょうず）
	小暑	初候	温風至る（あつかぜいたる）
		次候	蓮始めて開く（はすはじめてひらく）
		末候	鷹乃ちわざをならう（たかすなわちわざをならう）
	大暑	初候	桐始めて花を結ぶ（きりはじめてはなをむすぶ）
		次候	土潤いてむし暑し（つちうるおいてむしあつし）
		末候	大雨時々に降る（だいうときどきにふる）

季節	節気	候	七十二候〈日本式〉
秋	立秋	初候	涼風至る（すずかぜいたる）
		次候	寒蝉鳴く（ひぐらしなく）
		末候	深き霧まとう（ふかききりまとう）
	処暑	初候	綿のはなしべ開く（わたのはなしべひらく）
		次候	天地始めてさむし（てんちはじめてさむし）
		末候	禾乃ちみのる（こくものすなわちみのる）
	白露	初候	草露白し（くさつゆしろし）
		次候	鶺鴒鳴く（せきれいなく）
		末候	玄鳥去る（つばめさる）
	秋分	初候	雷乃ち声を収む（かみなりすなわちこえをおさむ）
		次候	虫かくれて戸をふさぐ（むしかくれてとをふさぐ）
		末候	水始めて涸る（みずはじめてかるる）
	寒露	初候	鴻雁来る（こうがんきたる）
		次候	菊花開く（きくのはなひらく）
		末候	蟋蟀戸にあり（きりぎりすとにあり）
	霜降	初候	霜始めて降る（しもはじめてふる）
		次候	小雨ときどきふる（こさめときどきふる）
		末候	楓蔦黄ばむ（もみじつたきばむ）
冬	立冬	初候	山茶始めて開く（つばきはじめてひらく）
		次候	地始めて凍る（ちはじめてこおる）
		末候	金盞香（きんせんかさく）
	小雪	初候	虹かくれて見えず（にじかくれてみえず）
		次候	朔風葉を払う（きたかぜこのはをはらう）
		末候	橘始めて黄ばむ（たちばなはじめてきばむ）
	大雪	初候	閉塞冬となる（そらさむくふゆとなる）
		次候	熊穴にこもる（くまあなにこもる）
		末候	さけの魚群がる（さけのうおむらがる）
	冬至	初候	乃東生ず（なつかれくさしょうず）
		次候	さわしかの角おつる（さわしかのつのおつる）
		末候	雪下りて麦のびる（ゆきわたりてむぎのびる）
	小寒	初候	芹乃ち栄う（せりすなわちさかう）
		次候	泉水温をふくむ（しみずあたたかをふくむ）
		末候	雉始めてなく（きじはじめてなく）
	大寒	初候	蕗の華さく（ふきのはなさく）
		次候	水沢氷つめる（さわみずこおりつめる）
		末候	鶏始めてとやにつく（にわとりはじめてとやにつく）

本を閉じて、外に出よう！

お疲れさま！　一冊読み終えて、「ふぅ、俳句っていろいろあってむずかしいなあ」と思っているのではありませんか？　実は書いている私たち自身も、ずいぶん盛りだくさんで一冊通しで読むと大変だなーと思います。

だから、本はいったん閉じて、手帳と筆記具一本を持って、外に出てみましょう。「一句作らなくちゃ」なんて考えずに、あたりを見回して、「おや？」とか、「ふーん、そうか」とか思ったことがあったら、それをメモしてみてください。「こんなつまらないことでいいのかな？」と思うかもしれませんが、それでいいのです。それが始まりです。その言葉の切れはしに、季語を入れて、五七五にすれば、それはもう俳句です。

句を作りながら「これでいいんだっけ？」と疑問がわいたら、改めてこの本の該当ページを開いてみてください。きっと答えが見つかるはずです！

安部　元気

著者

辻　桃子（つじ ももこ）
1945年、横浜に生まれ、東京で育つ。1987年、月刊俳句誌『童子』を創刊、主宰。第1回資生堂花椿賞、第5回加藤郁乎賞、手島右卿特別賞受賞。「いちばんわかりやすい俳句歳時記」シリーズ、『まいにちの季語』、『毎日が新鮮に！ 俳句入門 ちょっとそこまで おでかけ俳句』（いずれも共著・主婦の友社）など、著書および連載多数。日本伝統俳句協会理事、日本現代詩歌文学館理事、NHK「俳句王国」主宰、「俳句甲子園」審査員長なども務める。

安部元気（あべ げんき）
1943年、旧満州に生まれ、島根県で育つ。元朝日新聞記者。「童子」大賞受賞。「童子」副主宰。NHK文化センター（弘前市）俳句講師のほか、首都圏16カ所で「一からはじめる俳句講座」「やさしい句会」を主宰。第13回加藤郁乎賞、文學の森賞大賞受賞。著書多数。

【童子吟社】〒186-0001　東京都国立市北1-1-7-103（FAX042-571-4666）
http://doujiginsha.web.fc2.com

イラスト

影山直美（かげやま なおみ）
イラストレーター。歴代4頭の柴犬と暮らし、彼らが登場するイラストエッセイや4コマ漫画などを多数手がける。『柴犬さんのツボ』シリーズ（辰巳出版）、『柴犬テツとこま のほほんな暮らし』（ベネッセコーポレーション）、『しば犬こたのしっぽっぽ』（神宮館）、『柴犬のトリセツ』（西東社）ほか。

※本書は『イチからの俳句入門』（2018年・主婦の友社刊）を再編集した改訂版です。また一部のテキストは、『毎日が新鮮に！ 俳句入門 ちょっとそこまでおでかけ俳句』（辻 桃子・如月真菜著／主婦の友社）と重複している箇所があります。

やさしい俳句《はいく》入門《にゅうもん》
17音《おん》で世界《せかい》が変《か》わる！ 心《こころ》がおどる！

2024年1月20日　第1刷発行

著　者　辻《つじ》　桃子《ももこ》
　　　　安《あ》部《べ》元気《げんき》
発行者　平野健一
発行所　株式会社主婦の友社
〒141-0021　東京都品川区上大崎3-1-1 目黒セントラルスクエア
電話 03-5280-7537（内容・不良品等のお問い合わせ）
049-259-1236（販売）
印刷所　大日本印刷株式会社

 ISBN978-4-07-456177-3